VU DE LA LUNE

nouvelles optimistes

par

Philippe Claudel * Cyril Montana
Catherine Locandro * Thomas Gunzig
François Vallejo * Serge Joncour
Emmanuel Pierrat * Susie Morgenstern
Arnaud Guillon * David Foenkinos
Éric Holder * Éric Reinhardt * Yves Simon
Louis Belle * Jean-Marie Laclavetine
Alain Mabanckou * Delphine Coulin
Vincent Ravalec * Christophe Dufossé
Alexandre Zanetti * Marie Nimier

Illustrations de Maxime Rebière

nrf

GALLIMARD

Paris, le 5 mai 2005

Je viens de relire les vingt et une nouvelles. J'ai du mal à réaliser que, dans quelques mois, je tiendrai le recueil entre mes mains. C'est incroyable... Quand je pense au chemin parcouru avant sa sortie...

Je vais essayer de reprendre depuis le début, pour que vous compreniez comment est né Vu de la Lune *et pourquoi.*

Il y a quatre ans, j'ai appris que j'avais un « souci » au cerveau, un « kyste », une « boule » ; enfin quelque chose qui grossissait et n'avait visiblement pas l'intention de s'arrêter. Je dis « kyste » car le mot est plus optimiste, presque interrogatif, « kyste »... « Qui est-ce ? » Franchement, « tumeur »... « tumeurs », pour moi il n'en était pas question.

...

Je regarde le scanner. Je le tourne dans tous les sens. Plutôt étonnant de se regarder de l'intérieur. Je la vois, grosse comme une mandarine. Mais pourquoi mon cerveau a-t-il commandé à mes cellules de fabriquer un « nœud » pareil ?

...

Pas facile de vivre une telle situation, on est vite débordé. Alors j'ai pris les choses les unes après les autres, essayant d'écouter au maximum mes ressentis. Parfois l'angoisse me submergeait, me coupant la respiration. Je me suis souvenue que petite fille, la Lune me fascinait. Je fermais les yeux et je m'imaginais là-haut, marchant sur la « mer de la Tranquillité ». Je regardais la Terre (j'avais vu des photos de la Terre prises de la Lune et j'étais fascinée). Depuis la Lune, on ne distingue aucun détail. Ni pays ni frontières. Alors moi et mes petits problèmes ! Je trouvais ça rassurant. Inversement, plus on se rapproche d'un objet, plus on découvre ses défauts, ses aspérités qui parfois nous dérangent. Avez-vous déjà regardé un tableau à dix centimètres de la toile ? Je suis sûre qu'à cette distance on ne voit pas le sourire de la Joconde. En plus ça fait loucher.

...

Je suis en convalescence, une quinzaine de livres empilés à mes côtés. Je fais partie du jury d'une association littéraire qui cette année doit remettre le prix du roman le plus original à un jeune auteur. Il ne me reste donc « plus » qu'à lire. Lire. Impossible, je n'arrive pas à me concentrer. Je ne comprends pas l'histoire, les personnages, la chronologie. Je lis une page, je l'oublie aussitôt. Je reçois trop d'informations. Je panique.

...

Mais j'ai continué. Chaque jour je lisais une page de plus. Au fur et à mesure, les mots m'ont fait du bien, du bon, ils m'ont bercée, ils ont ouvert les petits tiroirs où j'avais rangé mes joies, mes émotions, mes souvenirs, la notion du temps. Ils m'ont rendu ma vie et j'ai eu envie de partager cette expérience avec le plus de personnes possible.

…

Je suis dans la voiture. Anne Fontaine et moi sommes sur l'autoroute. Nous partons à la campagne. Anne, tu connais beaucoup d'écrivains. Moi, j'ai un projet. À nous deux on pourrait publier un recueil de nouvelles optimistes dont le fil rouge serait de faire du bien aux lecteurs.

Qu'est-ce que tu en penses ? Tu m'écoutes ? …

…

Je me souviens qu'on a loupé la sortie. Puis tout s'est enchaîné. Les auteurs ont très vite accepté de participer à cette aventure, apportant leur univers, leurs idées, leurs mots. Certains ont choisi l'humour, d'autres l'émotion. Tous ont donné d'eux-mêmes sans tricher.

Maintenant ces histoires vous appartiennent. Comme moi, vous aurez vos préférées, c'est normal.

Mais n'oubliez pas que derrière chacune de ces nouvelles se cache un seul mot : l'optimisme.

Je vous laisse et je pense à vous.

SYLVIE LŒILLET

Paroles

Philippe Claudel

Mon grand-père avait coutume de répéter que le lit était la plus belle invention de l'homme.

Le plus curieux, c'est qu'il n'y passait guère de temps. Le soir dans la cuisine, il avait pour habitude de dépouiller un à un de vieux sachets de thé, au-dessus d'un cendrier jaune et bleu de marque *Vulnera*. Les sachets avaient déjà servi maintes fois, mais il en récupérait encore le foin qui n'avait plus d'odeur depuis des lustres, pour le réutiliser à l'occasion, soit en infusion, soit en le fumant mêlé à des barbes de maïs. Celles-ci séchaient durant des semaines, pendues sur des fils au-dessus du fourneau en fonte.

Souvent, à ces moments, il parlait seul ou chantonnait des airs de sa jeunesse qui parlaient d'une certaine Ernestine, célèbre pour « *ses gros tétons et sa croupe à troufions* ». J'ignorais le sens des mots « *croupe à troufions* ». « *Tétons* » ne m'était guère plus familier d'ailleurs, mais je trouvais l'ensemble joli, et joli surtout le sourire de Grand-père lorsqu'il chantait la chanson.

J'étais à ses pieds. J'alignais mes soldats de carton pour des assauts tout aussi imaginaires qu'inoffensifs. Je sentais son parfum de laine, de fumée et d'eau de Cologne. Je regardais sa moustache grise qu'il lustrait de temps à autre en glissant vers ses pointes son pouce et son index gauches tout imprégnés de salive. Je ne demandais rien. J'étais bien. J'étais petit. Très petit. Je m'endormais là, sans jamais voir Grand-père aller se coucher.

Le matin, lorsque je me réveillais, il était déjà debout. Le lit, cette invention majeure de l'homme, était vide. Les draps déjà froids étaient enroulés vers le pied de chêne comme de longs escargots. Je descendais l'escalier de la maison en me frottant les yeux.

Par-delà la courte haie de son jardin, Grand-père parlait avec son voisin, le père Marcœur, qui avait à peu près son âge. C'était des conversations de grandes personnes, assez brèves, et que j'entendais au travers des vitres mais que je ne comprenais pas vraiment. L'un disait : « *Grand cocu !* » L'autre répondait : « *Salopiau !* » Grand-père reprenait : « *Fumier sur pattes !* » Le père Marcœur répliquait : « *Sac à foutre !* » Généralement, c'était le mot de la fin. Tous deux se tournaient le dos en haussant les épaules, et Grand-père revenait vers la cuisine.

« *T'es réveillé, mon homme ?* » C'était les premières paroles qu'il me donnait, immuablement les mêmes, suivies de la fameuse formule : « *Tu sais, Jules* — il m'appelait Jules bien que ce ne fût pas mon prénom —, *le lit, c'est la plus belle invention de l'homme !* »

Puis il faisait réchauffer le café dans une casserole en émail qui avait été jadis ornée de damiers rouges et blancs, mais qui avait pris depuis des allures de deuil. Il me coupait deux tartines dans un grand pain sans âge, les beurrait avec patience, les saupoudrait de cacao, et me les tendait en me souriant comme seul un grand-père sait sourire.

Le sommeil me tirait encore la peau et les yeux. Je sentais mes cheveux dressés en épis sur ma tête. Mon pyjama était chaud de la nuit. Les jours me semblaient avoir la substance et la matière de grands siècles, ainsi que des odeurs de navets, de soupe, de clapier, de peaux de lapins fraîchement écorchés, de jeudis.

Les jeudis. Ce n'est pas une nostalgie de dire que le mot est davantage délicieux que celui de mercredi. Je suis de ce temps, du temps des jeudis. Il y eut depuis comme une coupure à laquelle jamais je n'ai pu me faire. Une coupure qui tient plus au mot et à sa musique d'ailleurs qu'à la place du jour dans la semaine. On a souvent rêvé à *la semaine des quatre jeudis*. Il me semble qu'on n'a jamais songé à celle des quatre mercredis.

C'est pourtant dès ce soir-là que j'allais chez Grand-père. Ou plutôt, il venait me chercher chez mes parents, ou encore à la sortie de l'école, et je quittais la main de ma maîtresse, douce, fine et rose, pour la sienne, tranchante, pleine d'angles, striée de ravines noires, les ongles souvent cernés de nuit. Lorsque je lui faisais remarquer que ses mains n'étaient pas propres, il les observait, un peu étonné, me regardait puis disait : « *La terre, vois-tu, mon Jules, ça n'est jamais sale. C'est ce qu'il y a dessus qui est sale, les hommes, et ce qu'ils font.* »

La maison de Grand-père n'était pas très éloignée de l'école. Pour la rejoindre, il fallait que nous passions par une étroite ruelle qui nous obligeait à marcher l'un derrière l'autre. Elle cheminait droite et raide entre des mosaïques de jardins parfaitement entretenus. Je trottinais devant Grand-père. Je sentais son souffle dans mon dos. Je n'avais pas peur de ne rien voir devant moi, car je le savais là, tout proche, prêt à me sauver si d'aventure un précipice s'ouvrait sous mes pas ou si un monstre tentait de me barrer le chemin avec ses pattes griffues et sa langue de feu. Nous arrivions dans sa rue, après un trajet de quelques minutes, puis dans la maison dont la porte n'était jamais fermée à clef. À l'intérieur, il y avait une cuisine grande comme une poche, une chambre à l'étage, un petit lit pour moi à côté du sien, un cabinet au-dehors dans une sorte d'armoire en planches de sapin, un appentis où Grand-père rangeait ses outils, un poulailler, un jardin carré. C'est tout.

Lorsque j'avais fini de déjeuner, il fallait que je fasse ma toilette. D'ordinaire, je détestais cela, mais chez Grand-père, tout me plaisait, et surtout la toilette qui respectait l'antique « *Règle des deux bouts* » qu'il m'avait enseignée dès mon plus jeune âge : « *Bout du nez, bout du bout, et c'est tout !* » Mon nez n'était pas très gros et ma foi, le bout de… mon bout encore moins. Tout allait donc très vite, et nous rangions la cuvette après avoir jeté par la fenêtre l'eau savonneuse en direction des poules qui, douchées, se sauvaient en caquetant.

Le jeudi, c'était le jour du marché. Un grand marché, qui prenait toute la rue principale de la petite ville de mon enfance. Il n'a guère changé d'ailleurs, et c'est pour cela que j'aime tant à y revenir, comme on reviendrait dans un moment de sa vie, intact, malgré les blessures de l'âge et les balafres des années.

Grand-père connaissait tout le monde, mais lorsqu'il était avec moi, et sans doute pour me prouver que j'étais plus important que tout, il ne parlait avec personne. Il me tenait par la main. Nous marchions lentement, passions trois fois devant chaque étal, pour finir par nous arrêter devant la camionnette d'un charcutier-chasseur du nom de Harmffer, qui était si grand qu'il était obligé, pour ne pas toucher le haut de son véhicule, de maintenir sans cesse sa tête penchée, si bien que même lorsqu'il quittait sa camionnette pour aller se réchauffer au bistro, il gardait toujours sa tête penchée qui nous le faisait reconnaître de très loin.

Il venait de la montagne et en gardait l'accent. Des poils lui sortaient des oreilles. Il était veuf. Il n'avait pas d'enfants, mais trois chiens nourris au cervelas et à la tétine. L'un avait des yeux de cochon, les deux autres bavaient sans cesse. C'était un homme placide, à la peau un peu rouge et aux cheveux coupés en brosse. Il devait avoir dans les soixante ans. Il était sourd comme un pot.

Le jeudi, nous ne savions jamais à l'avance ce que nous allions manger. « *Ça dépendra de Harmffer*, disait Grand-père. *On verra bien. De toute façon, tout est bon chez lui, n'est-ce pas, Jules ?* »

Grand-père commençait toujours par demander à M. Harmffer des nouvelles de la chasse. C'était une entrée en matière, une sorte de test.

« *Alors monsieur Harmffer*, disait Grand-père, *combien en avez-vous tué cette semaine ? — Ah, vous croyez...* » répondait lentement, d'un air profond, le charcutier, en soupesant le regard de mon grand-père comme si celui-ci lui avait délivré une opinion politique. « *Peut-être... Peut-être...*, poursuivait-il, *mais on ne sera plus là pour le voir, ni vous, ni moi !* »

Grand-père me lançait un clin d'œil désolé en même temps qu'un soupir, puis il sortait de la poche de son bleu la liste de courses que nous avions préparée ensemble, afin de passer commande :

« *Je voudrais deux belles tranches de jambon avec la couenne !* lançait-il assez fort. — *Quatre tranches de lard ? c'est comme si c'était fait !* vociférait le charcutier, en saisissant une belle bande de maigre. *Et avec ça, qu'est-ce que je vous mets ?* — *Quatre petites saucisses !* criait mon grand-père. — *Ah, désolé,* coupait Harmffer, *je n'ai plus de fromage de tête, j'ai vendu le dernier il n'y a pas une heure. Je vous mets une tranche de pâté à la place ?* »

Grand-père aquiesçait, peu contrariant. Puis il demandait deux côtes de chevreuil : le charcutier lui servait trois morceaux de boudin ; un petit salé, Harmffer lui glissait dans le papier une portion de museau.

« *Pour finir, je voudrais un petit rôti dans l'échine !* hurlait Grand-père. — *Je suis vraiment confus monsieur Dagonneau,* répondait l'autre, *mais je n'ai pas de longe cette semaine, je l'ai oubliée, je suis vraiment idiot, j'ai chargé le camion et j'ai oublié la longe, quelle bourde, vous êtes le vingtième à m'en demander ce matin, faites excuses, mais je peux vous proposer à la place un bon petit rôti dans l'échine si vous voulez, c'est bien meilleur, c'est plus cher, mais je vous le fais au même prix que la longe, vous m'en direz des nouvelles ! Alors c'est d'accord ?* »

Grand-père faisait semblant d'hésiter, me regardait comme pour quêter mon assentiment, puis finissait par dire oui. M. Harmffer coupait le rôti, l'emballait, puis le déposait dans le cabas de Grand-père aux côtés du boudin, du museau, des quatre tranches de lard, du pâté.

Grand-père payait, disait au revoir au charcutier qui l'arrêtait soudain du regard, marquait un temps et finissait par répondre en comptant sur ses doigts : « *Un lièvre, deux perdreaux mardi et un sanglier vendredi, mais pas un gros !* » Grand-père hochait la tête, sérieusement, lissait sa moustache, et nous partions.

Je mâchais la tranche de saucisse que m'avait offerte le charcutier. Tout allait bien. Nous nous apprêtions comme chaque semaine à manger des choses auxquelles nous n'avions pas songées.

« *Tu sais, mon Jules, je n'ai jamais su si Harmffer est sourd ou s'il se fout de ma gueule !* me disait Grand-père sur le chemin du retour.

— *T'as dit un gros mot Pépère !*

— *Ou peut-être que c'est un poète...*

— *C'est quoi un poète, quelqu'un qui invente des lits ?*

— *Pourquoi tu me parles de lit ? Tu dors encore ou quoi ? Un poète, c'est quelqu'un qui donne toujours la vraie réponse, même aux fausses questions...* »

Je faisais tourner la phrase dans ma tête. J'essayais de comprendre. Je ne comprenais pas. Grand-père serrait ma petite main dans la sienne. Il allait bientôt être midi. Dans quelques minutes, la sirène de l'usine déchirerait l'air tranquille. J'avais faim. J'avais des culottes courtes et des croûtes aux genoux. J'étais amoureux d'une certaine Isabelle. Mon grand-père était éternel. J'avais six ans. Six ans.

J'avais le temps.

L'armoire

Cyril Montana

À Madame Valentina Supino Viterbo,
ainsi qu'à ma coccinelle du parc Montsouris

Quand ma mère m'a appelé, j'étais tranquillement allongé, à regarder en l'air. J'adore ça. Allongé, les mains derrière la tête, sans rien faire, juste scruter le plafond en me disant que je suis en train de glander et que c'est vraiment bon. J'étais chez cette fille que j'avais croisée dans une soirée et sur laquelle j'avais flashé. Après l'avoir invitée deux ou trois fois au resto, j'avais donc fini par dormir chez elle. Emily. Elle m'avait raconté que tous les matins en se plaçant dans son couloir d'entrée, en face de la porte de ses toilettes on pouvait entendre son voisin se branler à voix haute en balançant des insanités sur elle, mais aussi sur Lady Di. Mais je n'avais pas couché avec elle, non, juste squatté le canapé de son salon avec son chat Tintin qui m'avait mordillé les pieds pendant toute la nuit par jalousie. Je lui avais demandé de rester chez elle à cause de ce pétard qu'on avait fumé, et qui m'avait tellement défoncé que je ne me sentais pas de rentrer chez moi. Impossible. Les yeux rouges, plus de salive et une petite parano montante. Elle était partie se coucher dans sa chambre sans me demander de l'accompagner. J'avais l'espoir qu'elle me propose de venir la rejoindre dans son lit un peu plus tard.

J'ai allumé sa télé en baissant le son.

J'ai zappé, puis tiens, un reportage fiction sur les hommes préhistoriques, et même une chasse aux mammouths reconstituée. Une bande de gars du Neandertal tout poilus entouraient un jeune mammouth isolé dans un cul-de-sac au fond d'une vallée. Le narrateur disait que ce n'était pas évident de tuer un animal d'une aussi grande taille, qu'il fallait d'abord faire en sorte de l'isoler, et ensuite viser soit les flancs ou encore l'anus qui avaient tous deux l'avantage d'avoir une peau très fine. Le pauvre mammouth sanguinolent avait tout plein de lances plantées sur les côtés et dans le cul. Au fur et à mesure que la bestiole avait les jambes et le corps qui flageolaient, les mecs poilus se réjouissaient en gueulant de plus en plus fort. Il est tombé d'un coup en faisant trembler le sol autour de lui. Il y a eu un gros plan sur le regard paumé de l'animal agonisant qui respirait difficilement en tentant de relever sa tête. Super bien fait. Le narrateur a expliqué qu'à l'époque, c'était une bonne chose de se chopper un mammouth pour pouvoir se construire des maisons avec les défenses et la peau, mais aussi des vêtements, des outils et plein de viande à manger pour longtemps. On voyait un homme des cavernes un peu hagard qui s'amusait à taper en rythme avec un gros os sur la toile d'une tente. La musique était née. Rien à voir avec celle de mon portable qui venait de me faire sortir de mes rêveries. C'était ma mère qui me demandait ce que je voulais pour Noël… J'ai repensé au bordel qu'il y avait dans ma chambre, et ça m'est venu tout seul. Une armoire. Une armoire, ça alors, c'est une drôle d'idée. Oui, mais je te rassure, pas une armoire hors de prix, plutôt une qu'on achète dans les grands magasins de meubles en banlieue et qu'on monte tout seul, tu vois ce que je veux dire. J'avais choisi le modèle le moins cher, celui qu'on retrouve dans les piaules d'étudiant et qui finit par péter au bout de six mois. J'avais qu'à en prendre deux et les mettre l'une à côté de l'autre, ça ferait l'affaire. Y en avait pour quarante euros pièce, ça faisait donc quatre-vingts, plus un ou deux bacs de rangement en plastique. J'ai dit, cent, ouais avec cent ça devrait aller. Mais je n'avais plus de voiture pour aller les chercher. Je venais juste de la vendre sur Internet. J'avais attendu deux semaines et d'un coup y a un blaireau qui m'avait appelé d'Amiens. On s'était filé rendez-vous un dimanche soir vers République. Il s'était mis à tourner autour de ma poubelle à roulettes en disant qu'il changeait de voiture tous les six mois et que de toute façon, elle allait finir version stock-car au fond de son hangar. Quand on s'est retrouvés dans la brasserie pour signer les papiers, il a dit neuf cents c'est trop, faut faire un effort, et que si j'étais pas OK, il allait se lever pour aller faire un tour histoire que j'aie le temps de réfléchir, qu'il était venu de loin, l'essence, le péage et tout ça. J'ai accepté de baisser à huit cent soixante s'il payait sa bière. On a signé les papiers, mais au moment de lui donner la clef, impossible de mettre la main dessus. Mais où qu'elle était ? J'ai fouillé partout dans mes poches, mais y avait rien. Je voyais le type qui me regardait de travers, il avait l'air inquiet. Normal, j'avais déjà empoché le fric, et il devait se dire que c'était une embrouille. Mais merde à la fin, c'est pas possible. Je lui ai dit que j'allais voir si je l'avais pas laissée sur la portière. Et c'est au moment où je me suis levé que je l'ai retrouvée, elle était coincée dans la poche avant de mon jean, dans un petit coin en haut à gauche, là où se cachent les billets. Je me suis dit que c'était un acte manqué, qu'inconsciemment je ne voulais pas m'en séparer de cette caisse, j'avais trop bourlingué avec, et voilà, on s'attache et après y a l'inconscient qui s'en mêle et qui veut pas qu'on se sépare, ni des choses, ni des êtres. Tout ça pour dire que malgré les gentils cent euros de ma mère, je n'avais pas de bagnole pour aller chercher mes armoires en banlieue. J'avais demandé à mon beau-père s'il pouvait m'emmener. Je savais bien qu'il allait dire oui. Charles, la cinquantaine, légèrement dégarni, très intelligent et sacrément cultivé. Un ancien coco reconverti dans l'altermondialisme. Classique. Quand je me suis pointé, il avait même pas mis les galeries sur le toit de sa vieille Clio blanche trois portes. Il a fallu qu'on se les tape, et dès qu'on serrait les vis pour fixer les trucs, ça sautait. On se prenait la tête. Mais si regarde, d'abord tu poses le bout en fer et après tu tiens le haut. Mais non, c'est sur le haut qu'il faut appuyer en premier, t'y comprends rien. Tiens tu vois, ça foire, je te l'avais dit. Au bout d'une demi-heure, on a fini par se casser. Non sans qu'il ait pris un plan de banlieue alors que je n'avais pas arrêté de lui dire que je connaissais le chemin par cœur pour y être allé plein de fois. C'était facile parce qu'on voyait bien le nom du magasin en grand depuis l'autoroute. Il n'y avait plus qu'à prendre la sortie d'après. Une fois arrivés on est allés direct vers le comptoir où ils vendaient des sandwichs suédois. Les fois d'avant, je me souviens que j'avais grugé. En fait, on paie avant d'être servi, et comme ce n'était pas la même personne qui faisait les deux opérations et qu'il y avait un brouhaha infernal, il suffisait de payer un sandwich à la première puis de dire à la deuxième qu'on en voulait trois. Mais, je ne devais pas être le seul à avoir pigé le coup, puisque maintenant c'est celle à qui on payait qui disait à l'autre ce qu'elle devait nous servir. Dommage. Tant pis. Après quoi, on a juste un peu marché au milieu de je ne sais combien de milliers de personnes, normal on était samedi après-midi. Charles n'a pas voulu que je prenne les deux meubles pas chers, mais plutôt une belle armoire, un truc sérieux qui fait pro avec une penderie dedans et des vraies étagères. L'armoire. Puis, il a fallu aller chercher l'engin au rez-de-chaussée avec un grand chariot pas du tout maniable. Saoulant. Et c'est en attendant dans la queue pour payer, que je l'ai vue passer. Elle avait un pull fin tout blanc qui moulait ses petits seins, un Diesel qui enveloppait son joli petit cul et des pompes blanches à la Gainsbourg, le tout avec la candeur de Charlotte et la grâce de Jane. Hommage. Avec sa queue-de-cheval et ses beaux cheveux châtains, j'ai pris une claque. Elle était à une trentaine de mètres de moi. J'ai bien eu l'impression qu'elle avait regardé dans ma direction plusieurs fois de suite. J'ai dit à Charles que je venais de voir passer une bombe, un avion à réaction, un truc de dingue, Paris-New York en deux heures, qu'il fallait qu'il voie ce dossier. Mais sois discret quand tu mates. Elle est repartie vers le fond. J'ai regardé notre file d'attente, et puisqu'il y en avait pour un sacré moment, moi aussi j'y suis allé. Charles, garde le chariot deux secondes, le devoir m'appelle. Il a dit : non, non, arrête tes conneries, t'es un môme ou quoi, en levant les yeux au ciel. Mais plus rien ne pouvait m'arrêter, j'étais parti, lancé dans les airs à Mach 2. J'ai fait tout un détour par différentes allées pour qu'elle ne se doute de rien quand je suis passé à une dizaine de mètres d'elle. Elle était peut-être un peu jeune pour mes trente-quatre balais. Au pif, elle avait la vingtaine, et ce n'était pas un problème pour moi, pas grave, ma grand-mère avait bien vingt ans de moins que mon grand-père quand elle l'a rencontré, alors je pouvais tenter de continuer la tradition familiale… Ce petit pull blanc la rendait immaculée et fragile en même temps. Elle donnait envie de la prendre dans ses bras, jolie, fine, mignonne. J'étais hypnotisé. Je suis retourné voir Charles, histoire de ne pas passer pour un casse-couilles de service, un vieux crevard qui cherche des petites jeunettes à se mettre sous la dent. J'ai donc rejoint le beau-père qui avait un peu avancé. Je ne lâchais pas la petite des yeux. Quand elle est passée devant nous, j'ai encore eu l'impression qu'elle m'avait regardé. Elle était avec sa mère. La cinquantaine, brune, bourgeoise et belle. Il y en a qui disent que plus tard, en vieillissant, les filles ressemblent à leurs mères. C'est important de toujours regarder la mère d'une fille quand on veut construire quelque chose avec. Pour le coup, c'était rassurant. Elles se sont dirigées un peu plus loin à trois ou quatre queues de nous. Je les suivais du regard. Mais il y avait tellement de monde que parfois je la perdais. À un moment, elle m'a manqué, et bien que ça ait fait gueuler mon beau-père, je suis monté sur les paquets qui étaient posés sur notre chariot. Non mais c'est pas vrai, mais tu vas arrêter un peu, regarde-moi ça tu salopes tout avec tes pompes. Tel un guetteur noir perché sur le mât de son bateau pirate, j'ai scruté la surface de cette mer de têtes à la recherche de ma dulcinée. En l'apercevant, je me suis imaginé à quatre-vingts ans, trônant au bout d'une grande table en bois à la campagne, raconter à toute une flopée d'enfants, de petits-enfants et pourquoi pas d'arrière-petits-enfants, ma rencontre avec celle qui serait là, assise à mes côtés, bienveillante et ridée. Oui, leur raconter tout ce que j'étais en train de vivre. Et puis mon beau-père m'a dit d'avancer. Vas-y là, y a un trou. De loin, je n'ai pas pu voir ce qu'elle avait acheté, en revanche nous étions arrivés en même temps à nos caissières. C'était sûrement un signe. Mais comment l'aborder maintenant ? Pas évident avec sa mère, sans se connaître, comme ça à l'arrache devant tout le monde. Bonjour Mam'zelle, z'êtes franchement charmante. Impossible. J'ai pensé demander à une autre fille comment faire. Une qui soit jolie et qui puisse me dire ce qui lui ferait plaisir dans ce genre de situation, ce qui la ferait craquer sur-le-champ. C'est pour ça que j'ai appelé Daphné. Elle était avec sa copine Géraldine sur un bateau-mouche, oui elles s'étaient fait une virée toutes les deux, comme ça un samedi après-midi avec tous les touristes pour changer les idées de Géraldine qui venait de se faire larguer. Au moment où je les ai appelées, elles étaient en pleine visite guidée. Elles commençaient à se faire un peu chier avec la bonne femme qui parlait dans son micro. Elles aussi voulaient qu'on les entende un peu merde, après tout. Alors elles baissaient la tête pour crier À POIL ! à la personne qui parlait dans le micro, enfin à tour de rôle une fois en français et l'autre fois en anglais. NAKED ! Ça les faisait drôlement rire ces connes. À Poil ! Daf m'a dit qu'il fallait y aller direct, même pas hésiter une seconde de plus. NAKED ! T'en as rien à cirer de toute façon, tu la connais pas alors. À POIIIIL ! Ouais, mais quand même devant sa mère. Daf s'est un peu énervée pour rire en disant que si on commençait à faire attention à ce que pensent les parents, on n'était pas sortis de l'auberge. NAKEEEED ! Mais je lui dis quoi bordel de merde ? Et c'est à ce moment précis que m'est venue l'idée, c'est souvent comme ça que ça vient quand on se met en danger, dans l'urgence. J'allais lui passer Daphné à la petite en blanc, si, si, et c'est elle qui allait s'occuper de me monter le coup. Daf m'a demandé deux secondes pour réfléchir à ce qu'elle allait bien pouvoir lui raconter avant de me donner le top départ. Mon beau-père était en train de passer les articles à la caisse. Là-bas au loin, la maman était aussi en train de s'occuper avec sa caissière. Sa fille, à l'écart, a lâché ses cheveux comme dans une pub. J'y ai assisté en direct. La parade nuptiale avait débuté, car quand une femme lâche ses cheveux on dit qu'elle se détend, qu'elle est en confiance, qu'elle veut séduire aussi. Elle fait sa femme. J'ai pris ça pour un second signe. Mon portable collé à l'oreille, je me suis dirigé vers elle. Parvenu à quelques mètres, j'ai trop flippé. Non mais laisse tomber Daphné, c'est débile tout ça, je n'en vois pas l'intérêt. Je l'ai sentie déçue. Au fond de moi, et même si je cherchais désespérément des arguments pour légitimer ce brusque revirement de situation, je me sentais petit kiki, ma mission avait échoué. Rentre chez toi cagole. Fini le patriarche en bout de table. J'ai réalisé que j'étais peut-être en train de passer à côté de quelque chose qui pouvait révolutionner ma vie. Demi-tour droite. En un quart de seconde, je me suis planté devant elle en lui tendant mon portable. Elle m'a regardé froidement. J'ai plaqué mon plus beau sourire. Tenez, c'est un appel pour vous. Non merci. Oui, oui elle a dit non merci, et tandis que je commençais à me décomposer et que mon sourire se crispait au niveau des joues, je lui ai de nouveau tendu l'appareil. Mais son regard était toujours aussi froid. J'ai compris que c'était grillé, et c'est en tournant les talons que j'ai senti que tous les gens me mataient. La veste en public. Je suis retourné voir mon beau-père en baissant les yeux. Oui, j'ai rejoint un des seuls qui n'avaient apparemment pas assisté à la scène, trop occupé qu'il était à faire passer les articles. Je suis sorti un peu penaud du magasin, je ne la ramenais pas trop. Mon ego en avait pris un petit coup. En voulant mettre l'armoire en kit sur le toit, les barres se sont détachées. Et merde. On a dû baisser les sièges arrière pour pouvoir glisser les planches en les attachant avec de la corde. J'étais allongé dessus, ce n'était pas du tout confortable à l'arrière de la Clio de Charles qui craignait qu'on se fasse arrêter par les flics à cause des planches qui dépassaient à l'arrière. J'ai choppé un torticolis et puis on est tombés dans de sacrés embouteillages. D'un coup, il m'a lancé : Dis-donc tu t'es pris un sacré vent tout à l'heure. Et moi qui croyais qu'il n'avait rien vu. Il a continué à se moquer gentiment. Mais je m'en foutais, j'étais solide comme un roc. Dans ma tête, je me sentais comme le troisième petit cochon, le dernier survivant, le seul à ne pas s'être fait croquer grâce à sa belle maison en brique qui résiste au vent de mépris soufflé par cette inconnue au cœur de pierre. Je savais aussi qu'il existe une loi immanente qui récompense les braves comme moi, ceux qui risquent. Ce n'était donc pas cette petite banlieusarde qui allait m'arrêter. Et d'ailleurs, aujourd'hui je sais que j'ai eu raison parce que j'ai fini par en rencontrer une qui me correspond, une à qui je pense sans cesse, qui me manque tout le temps, que je trouve la plus belle de toutes et dont j'ai l'impression qu'elle est la même que moi mais en fille. Amour avec un A comme Amour. Une qui lorsque je lui dis, pour ne pas lui faire trop peur avec mes sentiments, que je suis peut-être un petit peu amoureux d'elle, me répond du tac au tac et un peu agacée : Comment ça peut-être un petit peu ? Une que j'ai envie d'appeler dès qu'il m'arrive quelque chose, à qui j'aime faire des surprises et avec qui je voudrais être tout le temps en vacances. *Audaces fortuna juvat*, la fortune favorise les audacieux. Et elle les fait même parfois tomber amoureux, un petit peu, peut-être…

Le voyage à Rome

Catherine Locandro

Rome m'a eue par surprise. Au premier regard, jeté à travers la vitre sale d'un taxi blanc. Rien ne m'avait préparée à ça.

J'avais quitté Paris quelques heures auparavant. Sur ma peau encore, comme une couche de crasse, les particules plombées d'un ciel éternellement bas. Le souvenir, incrusté dans ma chair, de mon bonheur avorté.

Le soleil de Rome a incendié mon corps. Un soleil d'été, impudique, appelant la nudité ou la fraîcheur de l'écume. Sensuel et purificateur. Il a rendu inoubliables mes premiers pas sur le bitume fumant de la via Marsala, dès la sortie de la gare, et m'a suivie dans le taxi qui m'emmenait dans ce refuge que je m'étais choisi, au hasard d'une brochure touristique, et que je ne connaissais pas. Une pension de famille immergée dans la végétation des collines de l'Aventino, loin du centre historique et de son agitation.

Installée à l'arrière de la voiture, enfoncée dans le siège, je sentais la brûlure du cuir à travers mes vêtements. Une odeur d'ail mal digéré flottait dans l'air, en même temps que les accords simplistes d'une chanson de variété qui s'élevaient des baffles de l'autoradio. Le chauffeur, un petit homme trapu aux cheveux noirs et luisants coiffés en arrière, essayait d'engager la conversation en me posant des questions que mon italien scolaire me permettait de comprendre dans les grandes lignes. « *Lei è Francese ? Di dov'è ? Parigi ?* » Je répondais brièvement, les yeux rivés à la vitre. De l'autre côté, la beauté de Rome défilait.

Je pensais à ce qui m'avait amenée ici : une vie en friche. La fin d'un amour, un enfant que j'avais choisi d'arracher à mon ventre, un roman que je n'arrivais pas à écrire. Je vivais dans une solitude totale depuis des mois. J'étais en deuil.

Rien ne me retenait à Paris, Rome m'appelait depuis longtemps. Ma mère y était née, je désirais voir la ville où elle avait été une petite fille. Je m'étais décidée de façon soudaine, alors que je repoussais ce voyage depuis des années.

J'avais prévu de rester deux semaines. Cela fait trois mois que je suis ici. J'ai une chambre toute simple, au deuxième étage d'une grande maison bourgeoise, avec une terrasse donnant sur un jardin. La propriétaire de la pension, une veuve de diplomate italien parlant parfaitement français, y a fait installer une table et deux chaises. Je ne connais pas sur terre d'endroit plus apaisant que ce grand balcon avançant au milieu d'arbres aux essences enivrantes, entouré d'un silence que seuls les bruits de la nature viennent entacher.

Lorsque je suis arrivée, la maison comptait déjà cinq

pensionnaires. Un couple d'Allemands et leur petite fille, un Français d'une vingtaine d'années, étudiant en histoire de l'art à Paris, et Elia, une Autrichienne de soixante-huit ans qui ne cessait de voyager partout dans le monde depuis que son mari l'avait quittée pour une femme beaucoup plus jeune, trois ans auparavant. Voyager était le seul moyen qu'elle avait trouvé pour ne pas sombrer dans la dépression. Je parlais souvent avec elle. Elle connaissait très bien Rome et me conseillait sur ce qu'il fallait « impérativement » que je voie ou goûte. Elle me disait aussi que cette ville était magique, et qu'elle venait à bout de toutes les blessures. À ce moment-là, je n'y croyais pas.

Les premiers jours, je suis beaucoup sortie. Mes vacances romaines. J'ai traîné, jusqu'à n'en plus pouvoir. Jusqu'à l'éblouissement de trop de soleil, et la fatigue qui me ramenait dans ma chambre où le sommeil m'emportait. J'ai arpenté les rues, encore vibrantes de chaleur en dépit d'un mois d'août qui touchait à sa fin. J'ai trouvé refuge à l'ombre fraîche des églises, et à celle, tout aussi bienfaisante, du figuier planté sur la terrasse du Bar del Fico, près de la baroque piazza Navona. Je venais souvent m'asseoir là en milieu d'après-midi, sur cette petite place cachée au détour d'une ruelle, pour y boire un café glacé.

J'ai soutenu le regard des *ragazzi*, assise au bord de la fontaine de Trevi ou marchant sur la piazza di Spagna. Je me suis rêvée blonde et sculpturale, appelant sur un ton aguicheur un Marcello imaginaire et subjugué. Pour la première fois depuis longtemps, je me suis sentie belle.

La veille de mon retour à Paris, je suis allée marcher dans le parc de la villa Borghèse. Ce n'était pas la première fois.

J'affectionnais cet endroit, et en particulier ses jardins. Je voulais les revoir avant de partir. Le jardin des agrumes avait ma préférence. Plus d'une centaine de variétés d'arbres et d'arbustes, bien que privés de leurs fruits en cette saison, y mêlaient leurs senteurs piquantes. Orangers et citronniers de toutes sortes, mandariniers, pamplemoussiers…

Je venais de m'asperger à une fontaine et j'avais encore les mains et le visage humides, lorsqu'un enfant est venu vers moi d'une démarche assurée. Un garçon de sept ou huit ans, au teint hâlé et aux grands yeux noisette, les cheveux châtains virant au doré sur certaines mèches. Il a enserré ma taille de ses bras et a posé sa tête contre mon ventre. Je suis restée immobile, surprise, ne sachant pas quoi faire. Sa mère, qui était un peu plus loin, l'a appelé. Lorenzo ! Il n'a pas bougé. J'étais à la fois gênée et pleine d'une émotion violente, bouleversée à l'idée que cet enfant m'ait choisie, de manière si simple et évidente, parmi tant de gens. Pendant quelques minutes, le temps de cette étreinte, je me suis sentie plus forte, plus pure. Je n'étais plus misérable, puisque j'étais l'« élue ». La mère s'est énervée. Elle est venue chercher son fils et l'a tiré par le bras pour qu'il me lâche. Elle m'a à peine regardée. L'enfant s'est détaché de moi, sa mère l'a poussé devant elle pour le faire avancer. Ils se sont éloignés tous les deux. Je les ai suivis du regard, hébétée, sous le choc de ce qui venait de se passer.

Je ne suis pas partie. Le lendemain, j'ai écrit sur une feuille ce que je devais laisser derrière moi, ceux qu'il fallait que j'oublie.

« Alexandre
L'Enfant »

J'ai plié la feuille en quatre et je suis retournée à la villa Borghèse pour la glisser entre deux pierres d'un muret. Je me suis recueillie quelques minutes pour leur dire adieu, en prononçant à voix basse les mots d'une prière païenne, et je suis rentrée à la pension.

L'envie d'écrire m'est revenue en douce, sans que j'en prenne conscience, quelque temps après cet événement. J'ai acheté un carnet et commencé à prendre des notes. Des phrases incomplètes, parfois juste un mot, ancrés dans l'instant.

Un jour, je ne suis pas sortie de la pension. Je suis restée sur la terrasse, et j'ai écrit. Quelques phrases sur Rome, d'abord, et puis autre chose. La genèse de mon voyage.

J'ai recommencé le lendemain. Et encore après. Je ne quittais ma chambre que tous les deux ou trois jours pour acheter à manger dans le Trastevere, un des quartiers populaires de la ville, de l'autre côté du Tibre. Je traversais chaque fois le fleuve avec un plaisir immense. Ces passages sur une autre rive me donnaient le sentiment d'une véritable coupure dans mes journées de travail. Un dépaysement salutaire.

La propriétaire, inquiète, me regardait avec circonspection lorsqu'elle m'apportait mon petit déjeuner. Elle me demandait plusieurs fois si tout allait bien, en jetant des coups d'œil discrets mais néanmoins scrutateurs sur la chambre et les feuilles posées en désordre sur la table de la terrasse. Elle brûlait d'envie de me poser des questions. Mais son éducation et son sens de la discrétion l'en empêchaient. Elle repartait donc tous les matins avec ses interrogations, une fois son plateau posé et quelques formules de politesse échangées.

L'écriture est devenue mon rythme, mon souffle. Un miracle renouvelé. La page blanche que l'on remplit, cette conversation avec soi que l'on reprend chaque jour là où on l'a laissée la veille, de façon inespérée.

Les mots ont éclairé mon parcours. Ils l'ont rendu lisible à mes yeux. J'ai écrit en étant moi et une autre. Souffrant et analysant ma souffrance, à la fois malade et médecin. J'ai compris d'où je venais.

Ce sont les dernières phrases. J'essaie d'imaginer ce qui se passera, après l'écriture, mais c'est difficile. Il y aura Paris, sans doute, et tout sera différent.

Je suis à Rome, sur la terrasse de ma chambre. Les orangers doivent être chargés de fruits dans le jardin de la villa Borghèse. Actuellement, nous sommes deux au second étage de la pension. Un jeune New-Yorkais occupe la chambre face à la mienne. C'est l'automne, il fait un peu froid. Je vais bien.

But !

Thomas Gunzig

Si, à dix ans, tomber amoureux ça peut être joli comme un poème de Prévert, dans le cas d'Hervé surnommé Vévé, tomber amoureux avait été une malédiction. Il aurait pu tomber amoureux de la petite Louise, la rouquine de sa classe ou de Samira, la fille de sa voisine... Dans ces cas-là, ça aurait été terrible, mais ça n'aurait pas été comme le cauchemar qu'il était en train de vivre.

Il était tombé amoureux de Vanessa. Vanessa, l'ultime beauté de l'école. Onze ans, presque une femme, des cheveux sombres dégringolant comme une cascade sur sa nuque pâle, des yeux bleus comme le Danube, elle était arrivée de Budapest l'an dernier avec ses parents qui avaient ouvert une boulangerie à l'entrée du centre commercial. Vanessa, en plus d'avoir la grâce et le mystère d'une forêt sibérienne, sentait le pain frais, la farine et le chocolat chaud.

Hervé, Vévé, avait les dix ans un peu gringalet et la timidité d'un garçon qui a grandi seul avec une mère dégoûtée par la vie. Il avait les dix ans rêveurs d'un gamin qui avait trouvé refuge dans les livres de science-fiction, le monde de l'espace promettait d'être tellement plus chouette que celui de cette cité sans charme où il était né. Mais ce rêve d'espace c'était maintenant du passé, on lui aurait promis un voyage sur Pluton qu'il l'aurait refusé. Comment aurait-il pu s'éloigner de Vanessa, lui qui l'attendait chaque matin à l'entrée de l'école, lui qui se débrouillait toujours pour prendre le même bus au retour et qui ne lui avait jamais, jamais parlé ? Vévé était amoureux de Vanessa, et quand il était face à elle il se sentait comme un infime caillou au pied du mont Cervin, une nouille insignifiante, un rien, un moins que rien. Vévé, quand il était face à Vanessa, il se sentait tout simplement Vévé, c'est-à-dire MAL.

Le samedi dans la cité était un jour d'ennui et l'ennui, ce n'était pas bon pour la cité. Les garçons de la classe de Vévé traînaient dans les halls d'entrée, zonaient autour du terrain de basket ou organisaient des parties de mini-foot juste sous la fenêtre de la chambre d'Hervé. Hervé qui, comme tout le monde, s'ennuyait ferme le samedi, s'ennuyait encore plus à regarder les quelques « pseudo » durs jouer au foot. En plus d'être petit, maigrelet et amoureux de Vanessa, le quatrième côté du malheur de Vévé c'était qu'il n'aimait pas le foot. S'il avait aimé ça il aurait pu se mêler aux conversations qui enflammaient les garçons de sa classe, l'OM, le PSG, les Bleus, il n'avait rien contre mais... Ça l'ennuyait. Du coup, on le traitait de « fille ». On l'avait si souvent traité de « fille » qu'il en était venu à douter... Et puis il était tombé amoureux de Vanessa, il n'était donc pas une fille !

Vanessa, Vanessa, Vanessa, Vanessa, Vanessa, Vanessa, Vanessa, Vanessa, Vanessa, Vanessa, Vanessa, Vanessa,

Vanessa, Vanessa, Vanessa, Vanessa… Vévé se demandait comment il allait pouvoir vivre à présent. Sans elle sa vie allait être aussi triste et morne que les eaux d'un canal du Nord au mois de novembre, c'était comme ça, il était maudit. Certains avaient de la chance, d'autres pas.

Un qui avait de la chance, tiens : Arnaud Le Gerrec. Onze ans avec l'allure d'un type de quatorze, un début de moustache, de vraies épaules, des jambes musclées, presque un homme. Arnaud Le Gerrec, le genre de type qui vous pourrit une vie, une belle gueule d'ange qui avait tourné dans une pub pour du yaourt aux fruits, un père informaticien qui l'emmenait faire des voyages dans les DOM-TOM, et malgré ça méchant comme une teigne. C'était lui qui avait trouvé le surnom « fille » pour Vévé. Et, bien entendu, cet Arnaud adorait le foot. Son père l'avait d'ailleurs emmené voir les Bleus au Stade de France. Arnaud jouait au foot comme personne. Il jouait comme une brute, mais il jouait bien, des tirs précis à pouvoir faire une lucarne à vingt mètres et puissants à dévisser la tête du gardien. Au cours de gym, c'était à lui que l'on confiait le soin de constituer les équipes. Vévé restait alors sur le banc.

Ce samedi-là, un beau samedi de mai, un des premiers samedis qui chauffent vraiment, un samedi qui annonce l'été et les vacances, est celui de la « grosse compète ». C'est-à-dire une rencontre entre les diverses équipes qui s'étaient constituées durant l'année sur base d'affinités aussi vagues que l'appartenance au même building, au même étage ou à la même famille.

La « grosse compète », ça faisait une foule d'une soixantaine de personnes juste sous la fenêtre de Vévé. Vévé qui détestait le foot et qui s'ennuyait. Donc Vévé qui regardait.

Arnaud était sur le terrain avec une tenue impeccablement négligée, des baskets flambant neuves et un jeu de jambes imparable : une, deux, goal ! Magnifique. Pendant que la foule applaudit, Arnaud lève un poing blasé, Vévé a la nausée. Arnaud aperçoit alors quelqu'un dans la foule et, avec la classe d'Henri IV laissant tomber ses troupes sur le champ de bataille, il quitte le terrain. Vévé tend le cou pour essayer de voir et… Il voit. Ce qu'il voit lui fait l'effet d'une lame chauffée à blanc qu'on lui planterait dans le dos : Arnaud discute avec Vanessa. Vanessa rigole en penchant la tête en arrière. Vanessa se passe la main dans les cheveux. Arnaud lui TOUCHE les cheveux. Il lui dit un truc à l'oreille que Vévé ne comprend pas. Vanessa rit à nouveau et penche un peu plus sa tête. Arnaud embrasse Vanessa. SUR LA BOUCHE. Vévé a envie de vomir. L'idée de la mort traverse brutalement son esprit et puis soudain…

À cause de l'été, à cause d'une discrète mais déterminante décharge de testostérone dans le sang d'Hervé, une minuscule étincelle éclata au plus profond de son désespoir et mit le feu à quelque chose d'énorme.

Il n'y avait pas d'autre solution. Il fouilla dans ses affaires et finit par retomber dessus : son short. Un short à la noix mais un short. Et ses baskets. Il enfila tout ça, il se sentait comme il ne s'était jamais senti : rage plus amour plus désespoir plus hormones plus soleil plus printemps, un cocktail comme il n'en avait jamais pris.

Il se faufila à travers la foule jusqu'au bord du terrain improvisé. Il vit qu'Arnaud était revenu et paradait. Parfait. Un peu plus loin, il vit Vanessa qui regardait. Re-parfait. Alors une voix s'éleva :

— Hé, Arnaud, je t'en mets un comme je veux !

Vévé fut d'abord surpris et se demanda qui avait eu l'audace de hurler ainsi, puis il vit que tous les visages étaient tournés vers lui. C'était lui qui venait de parler.

Au milieu du terrain, Arnaud ne jouait plus. Il le regardait en souriant.

— Quand tu veux, la fille, dit-il.

Vévé savait que Vanessa le regardait. Il serra les poings et s'avança.

— Toi contre moi. Juste nous deux, dit Arnaud.

— Comme tu veux, fit Vévé en prenant le ton le plus dégagé possible.

Le terrain se vida. Vévé faisait face à Arnaud.

— Le premier qui marque a gagné, déclara Arnaud.

Vévé hocha la tête et Arnaud lança le ballon en l'air.

Tout se passa alors très vite. Arnaud fit une tête et prit possession de la balle. Vévé courut derrière lui et vit qu'il se dirigeait dangereusement vers le but. Il fallait qu'il l'empêche de marquer. À tout prix. Porté par une énergie qu'il n'avait jamais connue, il se sentait comme Ariane V au moment de la mise à feu. Il avait cinq mètres d'avance sur Arnaud et il pila devant le but. Aucun ballon ne passerait. Devant lui, il vit Arnaud qui armait son tir. Vévé se tendit et… Noir… Le silence, la légèreté, un peu de chaleur sur son visage, un peu d'eau qui effleure sa bouche.

Quand il ouvrit les yeux, il vit le visage de Vanessa penché au-dessus du sien. Un peu plus loin, il entendait le bruit du match qui continuait.

— Quel idiot ! Frapper aussi fort. Tu as pris le ballon dans la figure et tu as perdu connaissance.

— Ah bon, fit Vévé.

— J'ai horreur du foot, dit Vanessa en fronçant les sourcils.

— J'ai une collection de... livres... Tu aimes la science-fiction ?

Le visage de la fille s'éclaira :

— J'adore... À Budapest, tout le monde lit... Je croyais qu'ici personne ne lisait. Rien que des brutes.

— Si tu veux...

— Allons-y, dit Vanessa sans lui laisser terminer sa phrase.

Dans le soleil de mai qui éclairait la scène comme un projecteur, Vanessa lui tendit la main et l'aida à se relever. Elle lui toucha le front à l'endroit où avait frappé la balle.

— Ça va passer, dit-elle, je vais te mettre de la glace.

Vévé hocha la tête.

Quand ils entrèrent dans l'appartement du garçon, elle lui tenait encore la main...

Je reste

François Vallejo

On rénove, messieurs dames, plus de quartiers insalubres, pas de quartiers, vos toits percés, vos murs dégoulinants, vos rats, vos cafards, le salpêtre à tous les étages, fini, bien fini, sonnez les trompettes en argent, des murs doivent tomber, d'autres murs doivent pousser, faites place. Oui, oui, c'est indispensable, c'est même très joli, le neuf, le propre, l'hygiène. Oui, mais François, qu'est-ce qu'il devient dans l'histoire ?

Il loue cet appartement vétuste depuis son retour d'Amérique, il était heureux de le reprendre, parce que ses parents autrefois l'avaient occupé, et lui avec eux pendant longtemps, il a toutes les raisons de ne pas le lâcher comme ça. Bon, il le loue, c'est beaucoup dire, il ne paye plus vraiment depuis l'année dernière. De toute façon c'était trop cher, de toute façon il n'a plus de quoi, et le propriétaire néglige ses taudis. François fait des additions et des soustractions dans tous les sens, il compte et recompte, ses arriérés dépassent toujours ses avances, à n'y plus rien comprendre. Pourtant, c'est un esprit scientifique rarement pris en défaut, un cerveau même, à sa manière, il a été un chercheur recherché au meilleur de sa vie. C'était avant.

Les voisins ont commencé à partir, ceux d'à côté les premiers, des propriétaires, ils ont trouvé à se reloger dans une rue voisine ; les autres, des payeurs de loyer plus ou moins consciencieux, ont eu des offres, des appartements plus grands, plus loin, là-haut, là-bas. Oui, mais François ? Il n'a pas envie d'être là-bas, ni là-haut, ni plus loin, ni plus près d'ailleurs, lui, il veut rester là, là où on ne veut plus qu'il soit, là où étaient ses parents qui ne sont plus.

Il a déposé recours sur recours à la mairie, il bloque le début des travaux, François. On lui a envoyé un huissier, il a fait valoir son droit : Je reste et je resterai. François est là, vive François. Il tient bon dans son deux-pièces, deuxième étage. C'est un homme au carré, un esprit mathématique en toute occasion. Les derniers voisins ont déménagé, il a maintenant le pâté de maisons pour lui tout seul ; ça lui plaît bien d'être le dernier Indien de la réserve. Parfois aussi il se sent comme un châtelain sur son domaine. Un véritable châtelain n'a pas les moyens de payer le chauffage de tout son manoir, François non plus ; d'ailleurs l'eau est coupée depuis quelques jours. Est-ce que les grands seigneurs avaient l'eau courante dans leur château ? Sûrement pas. Pas la peine de se plaindre, alors. Il est grand seigneur, François, il s'est toujours senti grand seigneur, et le voilà parti en croisade comme Saint Louis pour sauver son appartement.

Il ne rencontre plus personne, ceux qu'il voyait encore, les derniers faux amis, l'encourageaient à céder : Tu ne peux rien contre le pouvoir, contre les promoteurs, contre l'argent ; tu es un simple individu, pot de terre, pot de fer. Ils ne reculent devant rien, les faux amis, aucun cliché, ils veulent votre bien, ils sont prêts à vous expulser avant les forces de l'ordre, mieux qu'elles, en douceur. Il faudrait déposer un recours à la mairie contre les faux amis.

Les premiers immeubles sont tombés, grues, pelleteuses, excavatrices, c'est le siège ; troupes d'assaut, on ouvre des brèches, on tape, on fore, on force, ça fait de la poussière blanche et grise et noire, ça s'écroule tout autour. François n'a pas peur, il ne bouge pas de chez lui ; la résistance des corps, il en connaît un rayon. Sa situation juridique n'est pas encore éclaircie, une nouvelle commission doit se prononcer, c'est une question de jours. En attendant, l'homme tient le coup, il se met à sa fenêtre, il nargue les hommes casqués, il les insulte, il occupe son donjon, il espère résister jusqu'à l'hiver proche, après quoi il sera plus difficile de le déloger. Un ancien du quartier, parti sans combattre, mais à regret, lui fait passer en douce des provisions : Ce que tu fais, je n'aurais pas osé le faire, mais c'est bien. Il faut les emmerder jusqu'au dernier moment.

Enfin, la commission s'est réunie. Les recours de François sont déclarés définitivement nuls. Un huissier, assisté de la force publique, est autorisé à expulser le malfaisant. La partie gauche de l'immeuble a déjà été écroulée, il ne reste plus qu'un escalier et le côté droit où se tient François. Un chevalier se doit de tomber les armes à la main. Il se plante derrière la porte à laquelle l'huissier frappe longtemps, avec des sommations. Au travail, serrurier. Les verrous sont tombés, ça ne suffit pas encore : l'occupant a fixé des barres de fer, placé une commode massive ; il faut pousser, boutoir, bélier ; la grande époque des tours crénelées et des ponts-levis s'achève. Sonnez les trompettes en argent, la voie de l'hygiène, du propre et du neuf est enfin ouverte. On traîne François par les pieds, on le tire par les bras, résistance passive, on va te garder au chaud, mon petit, le temps de déménager tes derniers meubles. Au fait, à quelle adresse la facture des déménageurs ? Es-tu bien sain d'esprit ? Tu as l'air malade. Nous allons te rendre net, propre, hygiénique. On va t'offrir une cure, mon petit, le temps de raser ton demi-immeuble, d'évacuer les vieilles briques. Sois gentil, mon petit, c'est pour ton bien.

Ils l'ont relâché après quelques semaines, François ; sa première idée, revenir sur les lieux. Les troupes de choc ont disparu, il reste un champ de cailloux, aplani, encerclé de hautes grilles, chantier interdit. Il s'assied au milieu, un long moment.

Bientôt, les travaux de construction commencent. François ne manque pas une journée : il s'est trouvé un emploi bénévole, surveillant de travaux, mieux que le chef lui-même. Les ouvriers l'ont éloigné au début, charrié, un peu insulté ; ils se sont habitués à sa présence ; il reste là, avec son air buté, pas méchant, un fou peut-être, mais attention, quel fou. Quand tu te retrouves en panne devant ton plan, une question d'angle pas très angulaire, il passe le nez, il prend ton crayon, il refait tes calculs, tes tracés, ça tombe juste, une tête, ce pauvre type. François est là, vive François.

Ils ne savent pas qu'il a habité là avant la démolition, c'est une autre équipe, celle des constructeurs. Ils ne s'étonnent donc pas que l'homme qui a essayé si longtemps d'empêcher la destruction de son ancien immeuble soit le même qui contribue si activement à la construction du nouveau.

Les plaques de béton, on les coule, on laisse sécher, on ajoute la suivante, ça grimpe vite, deux, trois, cinq, sept étages, un toit terrasse pour finir. Ça fait une boîte bien fermée, c'est beau le neuf, l'hygiène, la propreté. Les ouvriers ignorent aussi que, vers huit heures, chaque soir, un petit monsieur déplace légèrement la barrière avec le panneau chantier interdit, monte deux étages, côté droit de l'immeuble, et s'installe pour la nuit, à l'endroit exact de son ancien appartement. Il se couche sur des tas de cartons, il est bien : il peut pleuvoir, rien à craindre, c'est du neuf. Des courants d'air toutefois, les fenêtres PVC double vitrage ne sont pas encore posées. C'est pour demain. Le chantier avance à un bon rythme, il y veille personnellement, il a même réussi à faire rallonger le balcon de trente centimètres. Il a calculé que ça ferait trois minutes de soleil en plus, l'été. Il faut bien employer sa science, puisque personne d'autre n'en veut.

On est dans la phase des finitions, on se sentirait presque chez soi. Cloisons intérieures, menuiseries, plomberie, électricité, peinture, ces nouveaux corps de métiers sont moins coopératifs que les précédents, plus méfiants : ils n'autorisent pas François à pénétrer la journée dans l'immeuble. Il renonce à se présenter, il se contente de ses nuits. Il a même entrepris de déplacer quelques prises électriques dans son futur logement (ces gens-là travaillent en dépit du bon sens).

Son futur logement, il s'est mis ça en tête, il n'a aucun doute, c'est celui-là, pas un autre. Le voilà au bureau de vente ; il a lissé comme il a pu son seul costume, coiffé, rasé, présentons bien : Je suis candidat à l'achat de… Primoaccédant, oui, oui, primoaccédant, c'est bien moi…

surtout pour cet appartement plein sud, deuxième étage, le deux-pièces avec le plus grand balcon, celui-là, oui, oui, celui-là uniquement. Mais, monsieur, celui-là précisément est déjà vendu… Comment vendu ? Vous voulez dire acheté ?… Si vous préférez. En tout cas, il n'est plus sur le marché… Quelqu'un d'autre va donc l'occuper ?… Sans aucun doute, mais pas le propriétaire, c'est un investisseur, un officier de l'armée de l'air à la retraite, il place son argent en achetant nos appartements. Si vous tenez à en occuper un qui lui appartient, vous pourrez toujours le louer. Mais pour les locations, ce n'est pas nous, il faudra voir avec son agence… Dites-moi seulement où trouver cet officier de l'armée de l'air, je lui loue directement son appartement… La dame du bureau de vente hésite devant l'excitation croissante de ce garçon si pressé de devenir simple locataire, alors qu'il ambitionnait tout à l'heure d'être propriétaire. Tout cela est un peu inhabituel, suspect pour tout dire. Elle appelle l'officier ; une rencontre ne lui fait pas peur, homme de guerre, on verra ce que ce locataire potentiel a dans le ventre (Il présente bien au moins ?). Un appartement loué à peine acheté, ce serait déjà une affaire.

François se présente devant l'officier, il lui dit sa joie d'emménager bientôt dans son appartement. Pas si vite : Vos revenus, monsieur, vos bulletins de salaire, feuille d'impôt, quittances précédentes ? Vos garants ? Qui se porte garant pour vous ?… Un garant est vraiment nécessaire ? François tient tellement à cet appartement, il l'entretiendra comme s'il était à lui, aucune dégradation, rendu à l'état neuf le jour venu, c'est un engagement personnel, cela vaut tous les garants du monde, un militaire devrait être sensible à cela… Passons sur les garants, mais les bulletins de salaire ?… Évidemment c'est une autre affaire, pour l'instant pas de bulletin de salaire, François est entre deux salaires, mais il a travaillé pour les plus grands laboratoires de recherche, Paris, New York ; son dernier bulletin était rédigé en dollars, c'est quelque chose, en dollars. Bien sûr, ce n'était pas le mois dernier, ni le précédent, cela remonte… disons l'année passée, peut-être l'autre… Mais un autre labo a prévu de l'engager, dès que les fonds auront été débloqués, pas le mois prochain, ni le suivant, le trimestre d'après certainement, c'est cela, le trimestre d'après… Venez me revoir à ce moment-là, si je n'ai fait affaire avec personne, nous pourrons toujours en reparler.

C'est un congé. François regagne son appartement, l'appartement de l'officier, cet homme qui ne veut pas lui donner ce qu'il possède déjà et depuis toujours. Il n'a pas aimé le ton de ce militaire, c'est comme si on voulait le mettre dehors par la force une deuxième fois. Il est en colère aussi : quelqu'un d'autre va prendre sa place ? L'empêchera d'entrer chez lui ? Pas question, François est bel et bien là, vive François.

Il fait travailler son cerveau de chercheur comme jamais. Comment garder accès à son deux-pièces, maintenant que les travaux de finition s'achèvent, que les serrures sont posées, que la remise solennelle des clés est imminente ? Chercheur, voleur, deux métiers proches, il s'agit toujours de faire la bonne découverte, en mettant au point les bonnes clés. L'art de prendre des empreintes, ça le connaît, empreintes génétiques, empreintes de serrure : une nuit dehors avant de réussir, une malheureuse nuit, mais c'est un bonheur de rentrer chez soi, comme après un voyage.

À présent, il faut s'attendre aux visites des clients intéressés par un deux-pièces exposé sud. Comment les décourager ? Cherche, pauvre chercheur mis à l'écart, prouve-leur qu'ils ont eu tort de se passer de toi. Pas la peine d'aller bien loin : qu'est-ce qu'on utilisait dans tes labos ? Dis un peu ? Pour les expériences ? Vu ? Allez, juste un petit vol à l'ancien labo ; tu connais les lieux, tu reviens avec ta petite provision en cage. Lâcher trois rats dans l'appartement. La tête de l'agent immobilier et des premiers clients : il faudrait l'avoir vue. Il la voit. Cela commence par l'ouverture de la porte, large, l'ouverture des bras, regardez-moi ce deux-pièces spacieux, l'ouverture de la baie vitrée, un balcon, une vue, tentant, non ? Et ce calme ? Cette propreté ? Parlons-en du calme et de la propreté : les rats n'en peuvent plus de terreur dans la chambre d'à côté, ils cherchent une issue ; l'agent ouvre la porte, ils lui filent entre les jambes. Vous avez déjà vu des rats en action ? Drôlement rapides. On arrête la visite tout de suite, on est blanc comme une souris de laboratoire. Les clients se fâchent : C'est ça votre programme de neuf ? Rats à tous les étages ? L'agent ne veut pas faire de nouvelle visite tant que le service de dératisation n'est pas passé. François a encore gagné quelques jours.

On dératise pour le principe, aucune trace de rats dans le quartier, pour qui elles se prennent ces agences immobilières ? Un nouvel agent est en charge des visites, le précédent a trop peur de renouveler l'expérience. Il fait une première visite tout seul, en avant-garde, on ne sait jamais. Pas un museau, pas une moustache. Que fais-tu, François ?

François n'est pas loin, il passe dans les couloirs de temps en temps, comme un de ces nouveaux habitants qui s'installent progressivement. On ne se connaît pas encore, mais on le reconnaît déjà comme un locataire établi, avec son costume bleu et sa sacoche.

Après la visite de reconnaissance, la vraie visite, un monsieur qui divorce, un deux-pièces lui conviendrait parfaitement, et puis, regardez, spacieux, la baie, le balcon, qu'en dites-vous ? Et propre avec ça, du neuf, du neuf, et calme. Calme, c'est certain, mais propre, vraiment ? Et ça, qu'est-ce que c'est, dans le coin cuisine ? Ce défilé le long de la plinthe ? Des blattes, de bonnes grosses blattes, taille tropicale, mais il est dégoûtant, votre neuf. Ça fait un drôle de craquement quand on les écrase, et une purée abominable sur le dallage blanc. Plutôt renoncer au divorce et rentrer chez sa femme.

C'est l'appartement maudit, disent les agents immobiliers. Ce n'est bientôt plus le seul : les blattes migrent, suivent la tuyauterie, cherchent leur confort dans toutes les cuisines de l'immeuble, se répandent, se reproduisent. Les services sanitaires doivent inspecter les lieux, asperger toutes les pièces d'insecticides, de désinfectants. Cette fois, c'est bien net, si vous trouvez une mouche, ce ne sera pas notre faute.

En attendant, François se délecte de son appartement, il est bien, il profite du soleil du soir et de celui du matin. Le reste de sa journée, il marche, il surveille les allées et venues des agents immobiliers. Ils se sont mis en binôme, aguerris ; le premier arrive un quart d'heure plus tôt, examen préliminaire, il surveille les conduites d'eau, chaque orifice, pendant que son collègue entame la visite. Il est devenu bien difficile de lancer un troupeau de souris, une nuée de corbeaux ou de busards, il va falloir transiger,

François. Le mieux serait de choisir son colocataire, d'éliminer ceux qui lui déplaisent et d'encourager celui ou celle qui lui conviendrait le mieux. Il observe de loin les visites, il suit les prétendants, les aborde : On vous a dit que l'appartement que vous venez de visiter a dû être dératisé et désinsectisé ? Infecté ? Désinfecté ? Réinfecté ? Pensez-y. Ils y pensent.

C'est curieux, cette poisse, répètent les agents immobiliers. Tous les autres appartements se remplissent sans peine, celui-là coince. François doit veiller à ne pas se mettre trop en avant, à ne plus passer, comme par hasard, devant la porte, à chaque nouvelle visite, à ne pas aborder de façon systématique les candidats. Il est temps de se décider, pas encore de se résigner. Un scientifique comme lui se doit d'évaluer toutes les possibilités, d'opérer les classements indispensables : ce qu'il faut éviter à tout prix, c'est la petite famille avec braillards en bas âge, ensuite l'étudiant fêtard. Ce qui serait acceptable, par ordre croissant : le vieux monsieur célibataire ; la veuve d'âge mûr ; le jeune représentant en déplacement toute la semaine ; la jeune femme solitaire. Évidemment, ce serait l'idéal, la jeune femme esseulée, celle des contes, qui soupire après l'amour, mais attention, qui soit aussi prête à le faire, pas trop héroïne de vieux conte tout de même. Ça se voit au cinéma, des fois. Selon le calcul de probabilités, rien n'empêche la réalisation de ce cas de figure : la fille s'installe, François se trouve sur son passage deux fois par jour, il la salue, vous êtes nouvelle dans l'immeuble ? Petits bavardages ; je rends visite à ma tante au 6e étage. Tous les jours ? Oui, tous les jours, elle est malade, elle a besoin de moi. Le neveu parfait, on ne se méfie pas, on l'invite à boire un café, deux trois fois. Vous êtes chercheur ? En train de changer de labo ? Les labos s'arrachent les chercheurs, New York, Paris... Viens t'installer chez moi, tu seras plus près de ta vieille tante... C'est comme ça que devrait aller le monde. François doit le reconnaître, la fille en question ne s'est pas présentée. Il arrive que la science soit en défaut.

Il en est là de ses réflexions sur la vanité de toute science, devant l'ascenseur ; une voix dans la lumière : On se connaît, non ?... François, il me semble... Tu me remets ?... Le labo... Un ancien collègue visite l'appartement : Je te présente ma compagne, enceinte de six mois, il est temps qu'on s'installe dans un peu plus grand...

C'était le plus improbable, la rencontre d'une connaissance, assez invraisemblable pour être éliminée de son tableau des possibles, le hasard grossier des livres... Je te croyais en Amérique ?... J'en suis revenu, je cherche à me recaser ici. Tu vois, avec mes dollars, je me suis acheté tout le dernier étage et je restructure l'espace ; des travaux à n'en plus finir, des cloisons à abattre, des pièces à redistribuer, je ne m'en sors pas. On en reparlera. Et toi, toujours dans le même labo ? Toujours.

Paul et sa compagne ont emménagé le premier du mois. François n'a pas manqué d'être présent pour les aider, vider le petit camion, monter les meubles. C'est gentil de ta part, François, je ne sais pas comment te remercier. De l'argent, ça ne se fait pas entre anciens collègues... Rien du tout, c'est par pure sympathie, ta compagne, le futur bébé... Tout de même, j'aimerais faire un geste : t'inviter, tiens, t'inviter, tu ne refuserais pas ? Garçon poli, François, il ne refuserait pas une invitation, s'il pouvait la rendre... La rendre ? Il ne faut pas se sentir obligé. Allons, laisse-toi faire, entre anciens collègues, entre nouveaux voisins…

François a volé un château haut-brion au Monoprix. Il ne fallait pas, François, un repas tout simple… Et ces deux appartements à réunir au dernier étage, les travaux avancent ?… Précisément non, des délais imprévus, son propre emménagement est repoussé de quelques jours. Mais où dors-tu en attendant ? Tu as toujours ton ancien logement ?… Non, non, il est à l'hôtel. L'hôtel tous les soirs ? Cela doit revenir horriblement cher. Et ton mobilier, toutes tes affaires ? En garde-meubles ? Naturellement. Tu pourrais peut-être coucher ici, le temps que tout soit terminé. Ce ne serait pas long ? Une affaire de deux trois jours, quatre pas plus.

François n'en revient pas, ses amis devraient mettre en doute ses prévisions, son histoire même, et ils avalent tout. Les gens finissent par croire tout ce qu'on leur raconte, c'est ça qui est beau. Alors, c'est d'accord, François couchera dans l'entrée ; simple, confort d'un jour d'emménagement ; pour lui, c'est mieux que le bonheur. François est là, vive François. Le lendemain, un gewurztraminer vendanges tardives (toujours Monoprix) ; jeudi un chablis grand cru Grenouilles (une moyenne surface, genre épicerie fine) ; vendredi champagne grande réserve (un caviste pourtant méfiant). Pour fêter la fin des travaux ? Pas tout à fait, l'entreprise a du mal à suivre plusieurs chantiers en même temps, il a fallu se fâcher, obtenir la priorité, enfin c'est pour lundi. C'est toujours un week-end de gagné. Et si on allait les voir, ces deux appartements à réunir ? Pas possible, pour l'instant, les ouvriers ont gardé toutes les clés, c'est plus simple… Est-ce que Paul et sa compagne vont avaler ça aussi ? Moins bien que le champagne ; d'ailleurs, il n'est pas si bon que ça, ce champagne, grande réserve, tu parles, il ne faut pas se fier aux étiquettes. À quoi faut-il se fier d'ailleurs ? François réussit à tirer la semaine suivante, mais Paul et sa compagne refusent désormais d'ouvrir ses bouteilles. Elle attend un enfant, pas d'abus d'alcool. Il devient de plus en plus difficile de partager quoi que ce soit avec eux, ils l'évitent, ils lui font sentir qu'il est un peu trop là. Cet agacement dans la voix, il faut une nouvelle fois en venir aux grandes décisions.

D'un point de vue scientifique, trois solutions s'imposent à l'analyse : 1. Prendre son costume, sa sacoche et quitter cet endroit où il s'est pourtant juré, depuis le début, depuis ses parents, de rester. Avoir tenu bon devant les promoteurs, les démolisseurs, les huissiers, avoir tenu bon devant les constructeurs, les agents immobiliers et tout lâcher à présent ? 2. Choisir le meilleur couteau, surprendre Paul et sa compagne dans leur sommeil, leur ouvrir le ventre comme des grenouilles de laboratoire, ne pas révéler leur disparition et occuper l'appartement comme s'il était Paul lui-même. Évidemment, ce n'est pas bien, il y a le bébé, des membres de la famille vont s'inquiéter. 3. Avouer la vérité, reconnaître que sans eux il serait à la rue, qu'il ne veut pas loger ailleurs pour des raisons intimes, folles s'ils le pensent, mais profondes.

François s'apprête à adopter la troisième solution, puis la deuxième si ses amis veulent lui imposer la première. À la fin de cette nouvelle semaine d'occupation, Paul propose une entrevue en terrain neutre, dans un café, à l'écart de sa compagne qui vit de plus en plus mal la situation et commence à éprouver des troubles nerveux inquiétants pour la suite de sa grossesse. Il semble, pour l'instant, partisan d'un retrait en douceur. François va aussitôt dans son sens : il sait bien qu'il a abusé de leur hospitalité, que ses amis doutent de lui à présent et de son histoire de travaux. Si, si, il sait exactement ce qu'ils pensent. Lui-même penserait bien pis, à leur place, il n'aurait pas eu leur patience. Ils n'auraient pas tort de le jeter à la rue comme un parasite. Il préfère passer à leurs yeux pour un tel homme, plutôt que d'avouer sa vraie misère. Il va partir et, s'il s'en sort, il leur rendra au centuple ce qu'ils lui ont donné. D'ici là, il implore juste trois jours, pour se retourner, prendre de nouveaux contacts, partir dans les meilleures conditions, trois jours, rien de plus, promis, sinon, appelez la police, faites-moi embarquer comme un voleur, ne me laissez aucun espoir, aucune chance. C'est moi qui vous le demande, soyez fermes avec moi, je saurai que c'est pour mon bien.

Peut-on lui faire confiance ? Deux jours, c'est dit. Et puis, tiens, pour sceller cette bonne entente retrouvée, nous allons te laisser seul ce week-end. Des amis les ont invités dans leur maison de Normandie, ils allaient leur dire non à cause de lui. S'il se montre aussi coopératif, ils n'ont plus d'inquiétude. Pendant ce temps, que François prépare son départ : dimanche soir, à leur retour, il aura quitté l'appartement définitivement. C'est fait, on s'embrasserait presque, chacun peut compter sur l'autre.

Ça a commencé le dimanche matin. François ne dort plus depuis trois bonnes heures, il s'agite dans le lit de ses amis : comment leur désobéir ? Surtout, comment leur obéir ? Il se lève, il traîne dans l'appartement, il traîne dans la cage d'escalier, il traîne à tous les étages, il traîne dans les garages, autour des caves. Son cerveau s'est lancé tout seul dans des calculs savants, des histoires de forces, de pression, ça le travaille comme quand il était un étudiant brillant, des équations en vadrouille, un tralala de puissances, des racines carrées en rondelles. Il monte, il descend, il remonte.

En milieu d'après-midi, on a entendu des craquements légers, les premières fissures sont apparues au sous-sol, légères, un demi-centimètre, puis des fentes plus franches, gagnant les plafonds, les étages, visibles de l'intérieur d'abord, puis sur les façades elles-mêmes, des lézardes, accompagnées de grincements. Les occupants sortent sur les paliers, venez voir chez moi, et chez vous, c'est pareil ? Prévenons les pompiers, évacuons les lieux, tout peut s'effondrer en quelques minutes, avec ces constructions neuves, on ne sait jamais, ça s'est déjà vu dans un de nos aéroports, les murs s'ouvrent et vous engloutissent avant que vous ayez le temps d'ouvrir la bouche. François participe à la panique, l'encourage, avant de se retirer à bonne distance, conformément à ses engagements : il laisse la place à Paul et à sa compagne ; homme de parole, ils ne seront pas déçus.

Ils arrivent de Normandie vers 21 heures, pas question de rentrer chez eux, cordon sanitaire, les pompiers sécurisent les lieux, on a prévu un hébergement provisoire. C'est maintenant qu'ils aimeraient bien voir François, il leur donnerait les explications et les détails qui leur manquent. Mais voilà, il a tenu sa promesse, il est introuvable.

Les propriétaires, les locataires, on se réunit dès le lendemain, assemblée générale, c'est la colère : on nous vend à des prix, je ne vous dis pas les prix, des immeubles dits de grand standing, on nous roule, on construit à la va-vite, on tire sur les coûts, voyez le résultat, des malfaçons du sous-sol aux terrasses. Les entreprises convoquées ont du mal à s'expliquer, enquête en cours, on pense à un tassement de terrain soudain, à un défaut du béton, une fissure fatale, les fondations déstabilisées... Il suffira d'injecter quelques tonnes de béton supplémentaire, nous supporterons les coûts, tout sera refait à neuf. Oui, mais en attendant ? Le danger ? Évidemment, il vaudrait mieux appliquer le principe de précaution.

Personne ne veut plus vivre dans ces demi-ruines. On évacue. Les locataires bénéficient de priorités pour se reloger. Pour les propriétaires, c'est plus compliqué, il faut voir avec les assurances. Des plaintes ont été déposées. Cela prendra du temps, mais justice sera faite.

Et François ? Il a laissé s'installer les barrières de sécurité, les panneaux danger. Danger, est-ce qu'un homme comme lui a peur du danger ? Il se glisse dans l'immeuble désert, il entre dans l'appartement vide de Paul et de sa compagne, l'appartement invendable de l'officier à la retraite et désormais porte-parole des propriétaires en colère. Il se prélasse, la belle saison ne tardera plus, le soleil donnera longtemps sur le balcon, il le verra se coucher depuis son domaine personnel. François est là, vive François.

Il se sent bien, l'allure de l'immeuble se rapproche de l'ancien, à l'époque où ses parents l'occupaient. C'est bien beau le neuf, l'hygiène, les matériaux performants, ça vous promet des immeubles insalubres en moins de trois mois, un vrai bonheur. La vraie vie commence pour François, prince en son royaume. Le temps que les procès s'achèvent, que les propriétaires soient indemnisés, que les travaux commencent, ça peut prendre des années, des années de joie devant lui.

Jusqu'ici, il se sentait malade, traité comme tel par son entourage ou ce qu'il en restait, menacé, il finissait par croire qu'il était le seul malade au milieu de la foule en bonne santé. Et puis il a dit : Je reste, je reste. Et il est resté. Aujourd'hui, tout a changé, il est sauvé, il se sent vraiment bien portant, le seul bien portant au milieu d'un monde malade. François est bel et bien là, vive François !

Une île, ici

Serge Joncour

— Non non, surtout ne bougez pas, restez à votre place qu'il me lance...

La femme de ménage, voilà qu'aujourd'hui c'est un homme. Plutôt inattendu, pas trop rassurant. En plus de lessiver le sol je le vois qui parle seul, marmonnant dans je ne sais quel sabir, il parle seul, mais posément, comme s'il récitait quelque chose, en prière. Ses gestes par contre sont rapides, un rien nerveux, surtout dans sa façon de jeter la serpillière par terre, comme par dépit. L'étonnant aussi, c'est cette manière anguleuse de manier son balai, sans s'épargner de cogner les pieds de mon lit. Et pourtant, ça me ferait presque du bien de voir un type rugueux, pas trop précautionneux, qui me parle sans ménagement, ça m'en soulèverait presque de jubilation.

Là-dessus je me redresse un peu pour le voir faire le tour de la chambre. Il tient son manche à deux mains, il touille son seau comme on remue l'émulsion, pour en faire remonter la magie, puis il se baisse, il rassemble une lingette en une boule compacte et juteuse, une boule qu'il replonge dans sa bassine au jus mentholée, un genre d'infusion faite de tous ces dépôts de l'être qu'on traque sur le sol des hôpitaux, des crachats aux souillures de pieds sales, des résidus de longues marches et des heures de couloirs, des larmes, des sueurs, et pourquoi pas du sang, toutes ces attentes dont le monde suinte. Il ressort son linge du seau de liquide aromatisé, et le rebalance sèchement sur le carrelage, il le plaque dans un bruit mat, ça gicle jusqu'à moi…

— Hé, tout de même, quand vous jetez comme ça votre serpillière, j'en prends plein les draps…

— C'est moi qui lave…

Quelle douceur, quel bienfait de se faire envoyer balader, quelle faveur qu'on me parle enfin normalement. Il y a tout ce qui qualifie l'espoir dans sa façon de tout jeter : l'éponge, le balai, et moi avec, enfin me voilà réconcilié avec l'ordre normal des choses, enfin je me sens replonger dans ce grand bain de remous, de reflux, de contre-courants, ce brassage d'énergies contradictoires qu'on retrouve sur les trottoirs, dans le métro, dans les paroles des autres, pour un peu je me sentirais guéri, je me sens renouer avec toute la spontanéité de la vie et ses rudoiements. Vas-y gicle bonhomme, vas-y refais-moi le coup du monde qui tremble quand tu te lâches, quand tu fais claquer ta colère comme un fouet… Là-dessus le gars se concentre à nouveau sur sa tâche, et se remet à parler seul.

— Dites-moi, qu'est-ce que vous racontez exactement ?

— Je parle.

— Mais à qui ?

— À moi ; mais je peux parler aussi à tout le monde, les médecins, les surveillantes, les patients de passage, les insistants, les visiteurs, les médecins, les passants, les ambulanciers, je parle à tout ce qui fait des traces…

— Oui mais là, vous vous disiez quoi ?

— Je m'encourage… Je vais vous dire, au départ j'étais pas fait pour ça, moi, je suis parti d'une île de l'océan Indien, et en venant ici je pensais devenir chirurgien, oui, chirurgien, c'était ça que je voulais apprendre, mais bon, voilà, ça fait trente ans que je ne serai jamais chirurgien.

— Et pourquoi la France, pourquoi pas les États-Unis, l'Angleterre… ?

— Moi c'est le français que je voulais apprendre. Victor Hugo, Rimbaud, Apollinaire, le prestige des maux de l'âme, la douceur de se laisser aller à penser, la matière qui ressort de cette activité… D'ailleurs c'est pour ça qu'en fin de compte j'aurai choisi le balai plutôt que les longues études, sans état d'âme, sans vrai regret, au moins comme ça j'ai l'esprit libre, les idées dégagées… Le balai ne vous tient que les mains, alors qu'un tas d'autres activités sollicitent la sève même de la pensée, elles supposent d'être concentré.

— Mais où avez-vous appris à parler comme ça ?

— Avec moi ! C'est pour ça que je me parle. À longueur de journée je déroule mentalement des pages et des pages de souvenirs, je déroule des chapelets de mémoires, des images de mon pays là-bas, des milliers de chapitres amoncelés d'un livre d'images que personne ne verra jamais.

— Eh bien, dans ces conditions parlez plus fort, parlez à haute voix, faites-moi partager vos décors, et même si je ne comprends rien, au moins ce sera dépaysant.

— Si je parle seul ça n'est que pour moi, pas pour les autres. C'est comme quand on chantonne, on le fait pour soi, pas pour les autres. Et puis on me prendrait pour un fou. Quel intérêt de parler à haute voix ?

— Pour me parler de votre île par exemple, me décrire les montagnes, me dire les couleurs et les rivages, les rizières et les champs de théiers, les senteurs dans lesquelles on baigne là-bas, la façon d'aimer qu'ont les femmes.

— La façon de faire tchin tchin Bouddha…

— Tchin tchin quoi ?

C'est là que le gars s'assied au pied de mon lit, et tient son balai devant lui, comme le sage sur son bâton.

— Vous voyez, ce que c'est de ne pas savoir.

De là le bonhomme me parle, de là les images lui viennent, la mousson chaude qui crépite lourdement sur les toits précaires, de là les murs qui s'écaillent pour restituer l'aspect du vétuste, le bleu impeccable qui se nuance de vécu, de là l'écho de cette chambre d'hôpital qui ne résonne plus que de sons de nature sauvage. Vas-y Mandara, raconte-moi encore, réjouis-moi de tes images…

— Des velours de vert tendre tout le long des plantations, des bordées d'oiseaux blancs qui s'affolent au moindre pas, au moindre souffle, là-bas dès qu'on bouge, le paysage entier se soulève. Là-bas votre âme s'imprègne de la couleur du ciel, la seule intention fait que les animaux vous comprennent, et même de loin, la moindre voile vous parcourt comme un frisson.

— Mais pourquoi avoir quitté ça ?

— Pour le plaisir de le regretter. Dans le fond, là-bas comme ici, la nature de l'homme est la même, toujours cette propension à négliger, à ne pas regarder vraiment, soumis qu'on est à cette tension, cette préoccupation de savoir ce qu'il en sera plus tard, ce que l'on va faire après alors que seul compte ce que je traverse là, le présent j'y progresse comme au travers des buissons de thé, je longe le fil des pentes dans une ivresse douce, sans même la peur de tomber, je me baisse pour ramasser les bourgeons et les feuilles, je navigue mollement dans ces effluves mêlés aux senteurs maritimes. La seule différence c'est qu'en le faisant là, comme je le fais devant toi, de mémoire, la hotte ne pèse plus, elle ne casse plus mon dos, le soleil ne brûle pas, et les pieds ne font plus mal. C'est l'avantage des souvenirs, on ne revoit que les voiles gonflées par la brise marine, et plus le mal de mer, on y voit les flancs turquoise à tracer dans l'écume, et même plus l'effort de manœuvrer, plus la moindre soif ni la moindre peur de ne pas trouver de poisson.

Alors tu vois, ce passé, de l'avoir en moi c'est comme de le garder intact.

— Tu racontes bien Mandara, en racontant ça tu pourrais guérir des régiments entiers.

— Mais dis-moi, et toi, il est où le pays qui te fait rêver, elles sont où les contrées dont les souvenirs te portent, hein ? C'est cette ville en bas qu'on voit par la fenêtre, ce sont ces avenues qui t'inspirent, ce sont ces arbres qui bordent ta mémoire, hein, où donc ton amertume puise-t-elle son sentiment d'exil… ?

— D'exil, je n'en ai pas.

— Ce n'est pas possible, ne serait-ce que ton enfance ou des amours passées, on part tous de ce sentiment-là, d'une façon ou d'une autre on le ressent tous. L'exil : on a tous des rêves amarrés à ses jetées, on n'y peut rien, c'est dans la nature de l'être, le passé est fleuri de moments à cueillir, d'ailleurs t'as qu'à voir, il y en a même pour avoir la nostalgie de leur propre dénuement, l'indigence de leur jeunesse, et même mieux que ça, on peut même aller parfois jusqu'à ressentir de la nostalgie pour un moment de mal-être inouï.

C'est là qu'il se lève, pose son balai contre le mur, et s'approche de mon visage en s'appuyant des deux mains sur le lit.

— Tu vois mon ami, cette période que tu traverses, cette souffrance que tu vis là, eh bien dès maintenant, vis-la comme si dans vingt ans de cela tu devais la regretter, oui, sans doute que tu la regretteras, peut-être même qu'un jour tu en auras la nostalgie, oui, la nostalgie de ta maladie, sous le seul prétexte que cela se passait il y a vingt ans, tu verras, quand tu y repenseras, ça te renverra à ton histoire. N'oublie jamais de penser à ça, à vivre chaque moment, quel qu'il soit, dans l'idée qu'un jour t'en viendras à le regretter.

— Oui, mais en attendant c'est maintenant que j'ai mal. Et à côté de ce présent-là, le passé m'a l'air bien loin.

— Vraiment Ami, tu n'y es pas. Tiens, je vais te montrer quelque chose, tu vas voir à quel point les souvenirs peuvent être plus proches de nous que le présent.

Mandara se rapproche de ma petite table, décroche le téléphone et y pianote une procédure bizarre, reproduisant des numéros qu'il a sur une carte, et dans une langue incompréhensible il balance des séries de mots en sourires, à des milliers de kilomètres de là. Après un mot plus ferme que les autres, il me tend le combiné, me l'appose contre le visage.

— Alors vas-y Ami, écoute.

Au bout du fil j'entends le bruit des enfants qui jouent, je suppose une conversation entre deux femmes, sans inquiétude ni empressement, simplement l'une d'elles doit tenir le combiné, et attendre que Mandara la reprenne.

Il me reprend le combiné des mains ; du coup je n'ai plus dans l'oreille ces piaillements d'enfants mélangés à une rumeur de grande foule, ce souffle dû à la longue distance, d'un coup je perds toute prise avec son mirage.

Il précipitera les choses pour terminer la conversation, puis il raccrochera sur un petit air satisfait.

— Alors tu vois, mon pays, ma famille, je l'avais là au bout de ce fil, mais loin, très loin, mille fois plus loin que toutes ces images que je porte en moi.

— Allez Ami, applique-toi au moins à ça, vis chaque moment dans l'éclat de la nostalgie qu'un jour tu en auras. Bon, je dois y aller.

— À demain.

Maître Némo largue les amarres

Emmanuel Pierrat

Maître Tapiro digérait paisiblement, les pieds posés sur le bureau, lorsque son assistante lui apporta la lettre recommandée. Une telle audace à l'heure rituelle de son havane, « garanti sans nicotine », ne pouvait présager que d'une mauvaise nouvelle.

L'enveloppe s'ornait du blason de la ville de Paris. Un nouveau maire venait de prendre la place du vieux Bertrand Delanoë, qui, une fois élu président-gérant de la Région de France, s'était plié à la règle ancestrale du non-cumul des mandats. La Région française avait succédé à la République de même origine au sein de l'Europe des quarante.

Maître Tapiro, comme tous les avocats parisiens, avait suivi de près les réformes constitutionnelles et les soubresauts électoraux, dont chaque hoquet secouait et remaniait l'institution judiciaire.

Mais cette fois, il devinait que le pli cacheté n'annonçait pas la faculté de plaider en toute langue devant une nouvelle juridiction régionale ou toute autre dépêche d'ordre général. Il pressentait une nouvelle plus personnelle.

Le coup de stylet libéra la copie d'un arrêté municipal

pris, selon les récentes réformes procédurales, « en concertation » avec la préfecture de l'hémisphère Nord et le garde des Sceaux d'Europe occidentale.

Le début du document ne surprit pas Maître Tapiro : il avait enfin été décidé de fermer le Palais de Justice de Paris. Les raisons étaient à la fois diplomatiques et climatiques.

Les bâtiments de l'île de la Cité n'abritaient plus que le tribunal d'instance de Paris et l'ordre (très local) des avocats. La carte judiciaire avait depuis longtemps été malmenée et la place de Paris en avait fait les frais. On plaidait désormais en appel à Anvers, en cassation à Copenhague. Les barreaux de Lyon, Valence et Grenoble venaient de fusionner, prenant la mesure de l'urbanisation accélérée de l'« axe rhônalpin ». Cinq millions de Baltes avaient construit des mini-datchas sur les immenses plages des environs du Touquet, ravis d'avoir trouvé un rivage moins glacé que ceux de la Baltique : leur sédentarisation avait entraîné la création d'un tribunal spécial des dunes. Chaque jour, des places fortes disparaissaient, des villes éphémères se créaient, des barreaux disparaissaient et d'autres explosaient.

Maître Tapiro s'attendait depuis quelques années à ce que les résidus de contentieux qui se plaidaient encore à Paris s'évaporent dans une ultime refonte administrative.

L'hallali avait été donné pendant le dernier hiver. La Seine avait encore débordé de son lit pour recouvrir l'île de la Cité. L'endroit avait toujours été choyé des flots. En 1910, lors des célèbres crues, on avait parcouru les longs couloirs du Palais de Justice en barque… Au début du XXIe siècle, les alertes avaient été récurrentes. Chaque saison froide, les journaux annonçaient le retour des grandes inondations de la Seine. Cette fois, le fleuve avait bel et bien eu raison des digues érigées depuis dix ans du Pont-Neuf jusqu'au pont Saint-Louis.

L'évêché, la police et l'hôpital ne s'y étaient pas trompés. Ils avaient revendu de concert Notre-Dame et les locaux de la préfecture à une société chinoise spécialisée dans les parcs d'attraction à thèmes. Le Palais de Justice, fatigué, faisait ainsi face à un « Atlantide Park » triomphant.

Les autorités avaient d'ailleurs ouvertement envisagé de le transformer à court terme en centre nautique. La maison du barreau serait rebaptisée capitainerie. On prévoyait d'aménager des espaces marchands spécialisés en loisirs maritimes dans les immeubles qui avaient, jusqu'aux dernières inondations, abrité une librairie juridique. La Sainte-Chapelle serait dédiée aux marins disparus en mer.

Jusqu'ici, Maître Tapiro se sentait concerné, mais pas au point d'en être averti par missive recommandée. Le dernier paragraphe éclaircit tout et le glaça. La montée des eaux menaçait également le centre de Paris. Il fallait évacuer une grande partie des sept premiers arrondissements. Le cabinet de Maître Tapiro, en plein sixième historique, était expulsé. Il lui restait quinze jours pour quitter les lieux.

Maître Tapiro appela son propre avocat. Celui-ci lui répondit qu'un recours était possible, mais qu'en pratique il n'y gagnerait qu'une indemnisation, dont le versement profiterait au cabinet dans une décennie, au terme d'un pourvoi devant la Cour transeuropéenne de Sofia. Bref, il serait toujours temps d'actionner ; pour l'heure il fallait agir.

L'agitation à venir plaisait à Maître Tapiro. Il incarnait le symbole d'une nouvelle génération d'avocats particulièrement dynamique. Les quatre-vingts collaborateurs de Maître Tapiro étaient tous spécialisés en droit de la propriété scientifique.

La plupart de ses clients high-tech avaient, paradoxalement, leur siège dans les alentours du sixième arrondissement, où se concentraient les divisions du ministère régional de la Recherche et du Gène. Maître Tapiro pouvait, de son bureau, apercevoir chaque matin le secrétaire d'État aux Embryons et aux Hormones, dont les services avaient été installés cinq ans plus tôt dans ce qui s'appelait encore le Panthéon.

Quant au Palais de Justice de Paris, tout proche, il était devenu aussi désuet qu'inutile. Le secteur avait cru un temps que le conseil balayerait le contentieux, que le premier l'emporterait sur l'autre, que les Anglo-Saxons dompteraient le marché du droit européen. Et puis les événements en avaient décidé autrement. La partition des États-Unis avait accéléré la désagrégation de certaines structures. D'autres étaient nées de cette dislocation des plaques. Les cabinets de province avaient ouvert à Paris, à Genève, à Sofia. Les Parisiens avaient investi les terres les plus arides, les plus désertées de l'hyperspécialisation.

L'emplacement des locaux était depuis toujours le reflet de ce que les candidats au dauphinat appelaient, dans une sorte de lieu commun de la propagande de campagne, la « tradition dans la modernité ». Car si le barreau avait endossé quelques nouveaux tics, il avait aussi conservé de vieux usages. L'adresse du cabinet restait donc primordiale.

Les rapports avec les clients s'établissaient par téléphone, par mail, par fax, par image en 3D... C'était le triomphe de la conférence numérique, au cours de laquelle chacun pouvait visualiser ses correspondants dans une salle de réunion de synthèse. Les vêtements étaient préconçus à la palette graphique. Seuls les visages étaient retransmis tels quels. Mais ce rituel était presque aussi lourd qu'un rendez-vous réel. Il fallait se maquiller, car chacun apparaissait blafard sur l'écran ; et nul ne souhaitait être défendu par un homme au teint cadavérique, oscillant entre anémie et syncope. Comme dans chaque cabinet de taille moyenne, la standardiste faisait donc aussi office de maquilleuse. Certaines des offres d'emploi que publiaient les gazettes juridiques précisaient même : « Standardiste-maquilleuse-coiffeuse. Anglais et propreté exigés. Expérience en manucure appréciée. »

Maître Tapiro avait failli perdre un nouveau client la semaine précédente : la maquilleuse avait oublié de lui passer un peu de blush sur les mains afin qu'il soit « raccord » à l'écran avec la couleur « électrique » de son visage.

En avocat d'expérience, Maître Tapiro avait deviné la gêne du directeur juridique. Il louchait à travers l'écran vers les doigts de son avocat jusqu'à ce que celui-ci s'aperçoive qu'ils étaient bleus d'encre. Maître Tapiro travaillait donc encore avec un stylo ! Il avait bredouillé aimer crayonner des dessins à la plume. Ses enfants l'avaient d'ailleurs surnommé, sur un air mi-amusé mi-narquois, « Daumier ». Le directeur juridique avait souri, rassuré, et lui avait avoué un penchant pour le théâtre, divertissement qui avait totalement disparu depuis une vingtaine d'années. Son groupe l'encourageait, au titre de la loi « mécénat et patrimoine », à représenter des tragédies anglaises lors des séminaires de formation organisés chaque printemps.

À l'issue de ces confidences forcées, Maître Tapiro s'était non seulement vu confier un nouveau dossier, mais avait encore conquis la confiance du directeur juridique. Il lui avait adressé la veille au cabinet deux nouveaux dossiers et une édition de Molière illustrée par Gustave Doré.

Mais hormis les gravures et les livres, Maître Tapiro appréciait également le modernisme, en particulier celui des gens de robe. La profession animait de nombreuses émissions sur « Juriste d'affaires Channel ». Le bâtonnier de Paris présentait une fois par semaine un talk-show, austère mais très suivi, baptisé « Le Bulletin ». En dépit de ce déferlement de technologies, le « contact humain » restait sacré. Dans le monde des affaires scientifiques, la parole donnée, les yeux dans les yeux, la poignée de main, le regard rassurant, le sourire bienveillant, les mouvements de tête, le parfum de l'avocature primaient. Il fallait donc rendre visite aux clients et que les clients viennent au cabinet. Une vraie consultation classée « secret techno », un conseil vital, tout cela se délivrait *de visu*.

Les pensées de Maître Tapiro le ramenèrent donc rapidement à son déménagement.

Il avait déjà évoqué, sur le ton de la boutade, le transfert éventuel de son cabinet. Pour se rendre compte que ses clients suivaient une alchimie géographique très particulière. Au début du siècle, sa mère avait conseillé de nombreuses maisons d'édition. Depuis longtemps, la corporation de libraire-éditeur n'imposait plus de travailler aux heures fixées par la cloche de la Sorbonne. Rien n'obligeait ces savantes entreprises à demeurer rive gauche. Mais la force de l'habitude et l'instinct grégaire avaient perpétué la concentration géographique. Les mœurs n'avaient guère évolué. Les confrères spécialisés en informatique étaient tous groupés autour du centre Surcouf, qui couvrait à présent la moitié du douzième arrondissement. Les avocats experts en rapprochement d'entreprises s'agrégeaient aux abords du vétuste Parc des Princes, transformé en centre de contrôle des fusions-acquisitions. Les pros en droit du fret squattaient l'ancien aéroport d'Orly-Sud, à proximité des bâtiments d'Orly-Ouest, dorénavant entièrement affectés aux fonctionnaires du service des douanes communautaires. Bref, Maître Tapiro devait s'accrocher au ministère de la Recherche et à son voisinage.

Le plus important n'était pas la fermeture de l'île de la Cité, puisqu'on avait déjà parlé de déplacer le Palais de Justice de Paris, pis encore, de le disperser. Dès 2002, les juges de Saint-Pierre-et-Miquelon avaient pris pour habitude de laisser plaider à distance des avocats parisiens. Mais les gros clients du secteur de la Recherche, eux, voudraient toujours, au moins une fois, frotter la paume de leur avocat contre la leur. « Un métier de contact », se vantait d'ailleurs le barreau de Paris dans les spots télévisés qui parrainaient « Le Bulletin ».

Il fallait rester dans le périmètre sacré de ce qui avait été une rive gauche. Car, en outre, circuler en voiture dans Paris était devenu impossible. Certes, il était désormais plus aisé de se déplacer en deux roues. Le réchauffement de la planète avait fait monter la température d'une dizaine de degrés en quelques années. Finis les imperméables, les doudounes et autres pelisses. Les avocats du cabinet de Maître Tapiro venaient en chemisette au cabinet. La confection des robes avait d'ailleurs été revue. Désormais, les costumes d'audience sentaient même les parfums artificiels. En demande, on portait une robe musquée, censée évoquer la brutalité et l'animalité de l'attaque. En défense, Maître Tapiro endossait une tenue iodée, qui respirait la recherche scientifique claire, éthique et transparente.

Pour la coupe, Maître Tapiro aimait le modèle « humilité », fruit d'un subtil mélange de laine crue et d'un tissu de synthèse permettant d'afficher un air digne et fragile.

Le tout serait parfait pour sa plaidoirie de la semaine prochaine devant la cour d'assises, où il représenterait une entreprise accusée de clonage de baleines à des fins cosmétiques. Le dossier avait nécessité l'intervention d'une cinquantaine d'experts. La pièce maîtresse de Maître Tapiro était incarnée par un vieil Eskimo diplômé d'éthologie et de psychiatrie. Son témoignage visait à établir que les cétacés avaient intrinsèquement le sens de l'esthétique, mais souffraient de leur laideur et de leur grosseur. Les baleines, et particulièrement les rorquals, s'ils avaient pu communiquer, auraient donc accepté de bon cœur la coopération avec le laboratoire qui avait mené l'expérimentation pour le compte d'un géant des produits de beauté. Certes, cette déposition n'invalidait en rien l'infraction pénale ; toutefois, elle assurait la modération du jury, sensible aux épanchements zoophiles. De plus, les médias avaient adoré le DVD contenant le dossier de plaidoirie, des conseils de maquillage et un documentaire sur la prolifération problématique des orques. Tout cela s'annonçait sous les meilleurs auspices.

Maître Tapiro commençait déjà à enchaîner en ruminant sa prochaine argumentation en faveur du gouvernement de la République autonome du Groenland, qui contestait la validité des brevets d'icebergs déposés par une multinationale implantée en Terre Adélie.

Il reprit soudainement ses esprits. Pour l'heure, il fallait songer à ces satanés locaux.

Maître Tapiro appela, résigné, un agent immobilier. Celui-ci commença par lui vanter les « open spaces » de la ZAC rive gauche : un seul plateau sur quelques milliers de mètres carrés. Il s'agissait d'un étage de la Très Grande Bibliothèque, déménagée à Bobigny en raison du manque d'espace dans les tours de Tolbiac. Les réserves avaient très vite été remplies de mini-DVD, dont le dépôt légal était obligatoire. Les petits disques contenaient de plus en plus d'informations, d'images et de sons. En clair, ils prenaient de moins en moins de place.

Mais les boîtiers, les coffrets, les matériels de PLV qui entouraient les frêles bases de données avaient doublé de volume en quelques années. Les marketeurs avaient en effet dû surenchérir en visibilité et en encombrement, à mesure que le nombre de DVD nécessaire diminuait. Toute la jurisprudence régionale, numérisée, tenait en un seul minidisque. Son prix élevé était justifié : l'objet en tant que tel ne pouvait cependant satisfaire un patron de cabinet à l'ancienne que sous réserve de peser, grâce à l'emballage, un ou deux kilos…

Pour refuser l'« open space », Maître Tapiro asséna à l'agent immobilier des termes que l'autre n'avait jamais entendus tant ils étaient surannés : « confidentialité », « secret professionnel ». L'avocat finit par lui opposer le

« secret des affaires », ce que l'agent immobilier comprit, retrouvant le sourire et confiance en son professionnalisme.

Il avait bien aussi la vieille Sorbonne à louer. La proximité avec le Panthéon rendait l'offre alléchante. Mais personne n'en voulait en raison du risque lié à la présence de résidus de monoxyde de carbone dans les cheminées. Le scandale avait éclaté dans les journaux, lorsque la première équipe nord-coréenne avait identifié le germe du CO_2 polyforme dans un vieux morceau de houille. Le jardin du Palais avait d'ailleurs été transformé en centre de décontamination. Depuis lors, les immeubles avec cheminées étaient désertés. Les contentieux s'accumulaient faisant la fortune de certains cabinets, désormais spécialisés en droit du CO_2.

Que cherchait-il, demanda, agacé, l'agent immobilier ? Des locaux plus humbles ? La question ne se posait plus. Certains confrères avaient tenté au début du millénaire de s'installer dans d'austères bureaux sans caractère, sans ornement et donc sans coût apparemment trop élevé. La clientèle d'affaires n'avait pas suivi. Il fallait plutôt du luxe, du marbre et des moulures. Là encore, comme face au ventre rond du notaire, les clients jaugeaient le savoir-faire à la prospérité visible du cabinet.

Il n'y avait rien d'autre sur le marché qui puisse contenir, dans cette zone, l'ensemble du cabinet de Maître Tapiro.

Démuni, il réunit en assemblée extraordinaire ses collaborateurs. Les avocats se divisèrent en plusieurs camps, opposant jeunes, débutants, doyens et associés. Les uns plaidaient pour un cabinet virtuel, domicilié en ligne, chacun œuvrant à distance d'où bon lui semblerait de vivre. Deux militants des « avocats jardiniers » entamèrent eux aussi sérieusement les nerfs de Maître Tapiro. À les entendre, il ne fallait garder qu'un pied-à-terre à Paris, juste un local pour entreposer les robes, quelque lieu entre la consigne de gare et le box de parking. Le cabinet s'épanouirait au milieu des champs. Les autres avançaient Dreux, devenu récemment technopole internationale. Maître Tapiro comprit à leur propos que leur récent embourgeoisement les avait fait opter pour une résidence de l'ouest de Paris. Il leur avait répliqué qu'à choisir, des bureaux sur une île antillaise à la fiscalité aussi accueillante que la température de l'eau ferait mieux l'affaire.

De rage, il clôtura la réunion sans avoir trouvé de solution. Il retourna à son havane et au calme du bureau qu'il devrait bientôt abandonner. Le mur s'ornait d'une gravure découpée dans *Vingt mille lieues sous les mers*. Maître Tapiro s'imagina en capitaine Nemo, à la tête d'un cabinet immergé, baptisé Nautilus.

L'aventure continuerait sous l'eau, au pied du ministère, le périscope en bannière, la chaloupe à quai aux armes du cabinet assurant le transport des clients et de leurs enfants, enchantés, qui descendraient avec Maître Tapiro dans les méandres de la Seine le voir combattre les pieuvres de la procédure et triompher des plaideurs malhonnêtes cherchant à harponner la science et la planète. Le spectacle de la victoire du droit y gagnerait en splendeur ce qu'il perdrait en altitude.

Après tout, il pouvait bien révolutionner, lui aussi, les usages, puisque même son tabac n'était plus, pour raisons médicales, qu'un substitut artificiel, produit par le nouveau régime de Cuba… Il tira une dernière volute de son Épicure et appela la Fondation Cousteau, qui bradait depuis des années ses vieux engins de mer.

Fleur tardive

Susie Morgenstern

HOTEL

C'est marqué sur tous les papiers officiels : elle est veuve. Machin Machin, veuve Machin. Veuve comme veule. Veuve comme une sale tache sur une feuille vierge. Veuve comme seule. Veuve comme expatriée de l'amour de sa vie. Mieux vaut une jeune veuve qu'une vieille fille ? Une veuve avec un toit en or est néanmoins une veuve.

Les larmes attendent patiemment le soir et là, l'aveuglement de la lumière et du jour tombé, c'est le déluge. L'oreiller éponge sa tristesse. Elle se limite à un seul côté du lit, ne franchissant jamais la frontière de la place du disparu. Elle l'appelle entre deux sanglots. Toutes les nuits, elle a le même rendez-vous avec le deuil. Depuis dix ans.

Une de ses enfants se marie. Une petite fille est née. Ça la rend encore plus triste parce qu'il n'est pas là pour fêter ça. Une petite-fille. La joie est infiltrée de mélancolie. Une deuxième fille se marie. Une deuxième petite fille. Et tout ce qu'elle pense c'est qu'il ne les connaîtra pas. Elle était entière, elle n'est plus qu'une moitié.

Son gendre la gronde : « Ça suffit ce deuil éternel. » Sa fille lui dit : « C'est pathologique chez toi ! » Mais peut-on mettre un bouchon sur un raz-de-marée ? Peut-on arrêter une avalanche, empêcher un tremblement de terre ? L'encre sèche vite, mais pas les larmes.

Le gendre l'assoit au bord du fauteuil devant l'ordinateur, la force à remplir un profil sur un site web de rencontres. « Tu es encore potable ! lui dit-il. Il ne faut pas rester seul. »

« Quelles qualités demandez-vous à un homme ? »

Toutes celles du défunt. Elle ne veut que l'homme avec qui elle a vécu pendant trente ans, celui qui savait l'énerver plus que tout autre personne sur terre... Et celui qui lui a fait découvrir le plaisir. Le paradis.

« Qu'est-ce que vous aimeriez faire lors des rendez-vous ? »

L'amour. Mais seulement avec lui. Et avec personne d'autre.

« Quel est le meilleur moment de votre vie ? »

Avoir su au premier coup d'œil que c'était lui et pour toujours.

Plus loin elle écrit sur l'écran de l'ordinateur : « Une vie qui n'est pas partagée n'est pas une vie. »

Pendant dix ans, ça n'avait même pas effleuré son esprit, elle n'avait pas rencontré le moindre bonhomme, elle acceptait sa vie fanée. Sa vie n'était pas maussade. Elle avait des amis testés et approuvés, des amours d'amis, des amours d'enfants et de petits-enfants, une vie professionnelle surprenante, des cadeaux et... Internet ! Elle est accro à Internet. D'abord parce qu'elles sont trois sœurs sur trois continents différents (trois veuves !) et puis cela coûte beaucoup moins cher que le téléphone. Elle regarde toutes les cinq minutes si elle a un message d'une amie, d'un élève ou d'une sœur. Un jour, un nom surgit sur sa liste de messages, un prénom viril : un certain Jeremiah. Vieux prophète ? Petit enfant ?

Elle clique sur un long message lyrique, poétique, cosmique. Un peu trop « ique » à son goût, mais bien écrit, sans fautes d'orthographe. Cet homme sait aligner les mots. Elle répond. Suit une série de questions-réponses. C'est toujours exaltant de faire connaissance. Un nouvel ami peut-être ?

Elle pense : « L'amitié = un cœur dans deux corps. »

De nouveau elle rentre du travail à bout de souffle comme au temps de la famille pour faire le dîner. D'ailleurs les contraintes lui manquent. Haletante, elle branche l'ordinateur, débranche la solitude, se souvient de son adolescence où le coup de fil de l'élu du moment remplissait à l'époque le monde de bonheur. À sa mère, avant de dire bonjour, de poser son sac de livres, elle implorait un : « Il a téléphoné ? »

Jeremiah, lui, ne se fait pas attendre. Il est attentif, attentionné, attendrissant. Il a l'air fiable. « Ça doit être un taré ! » pense-t-elle.

Il lui demande son numéro de téléphone. La voix offre une nouvelle dimension. Il appelle tous les jours dans sa nuit à elle et son jour à lui. Il vit de l'autre côté de l'océan à dix mille kilomètres de chez elle. C'est ridicule. Mais il est plus facile de rester ami… à distance.

Trois mois après, ils décident de se rencontrer… à mi-chemin. Il ira à l'est et elle à l'ouest. Ils se rencontreront à New York où elle passe le mois d'août avec sa sœur. Il viendra début septembre pour vingt-quatre heures. Pourquoi pas ?

Sa sœur crie : « On ne trouve pas un homme avec un ordinateur ! » Sa sœur déteste l'ordinateur parce que chaque fois qu'elle s'en sert, il tombe en panne.

Pendant l'été, à chaque coup de fil de l'amoureux Internet, sa sœur qui répond lui chuchote : « Il a la voix d'un vieux. » Ou bien : « Qui sait si ce n'est pas un tueur en série ? » Ou encore : « Ils peuvent te faire croire ce qu'ils veulent. Ce sont tous des menteurs ! » Ou enfin : « Un menteur raconte son histoire tellement souvent qu'il se met à y croire. »

Une de ses filles la rassure : « T'en fais pas maman, s'il voulait trancher la gorge de quelqu'un, il ne traverserait pas le pays tout entier. Il trouverait une victime plus près. »

Mais sa sœur persévère : « Dis-lui de ne pas venir. Que ce n'est pas possible. Qu'il va dépenser tout cet argent pour rien. »

Jeremiah continue de téléphoner. Il compte les jours. Elle lui dit qu'il se trompe, qu'il investit ses rêves dans une poupée en paille, qu'il y a très peu de chance pour que l'alchimie, la sorcellerie du grand boum amoureux les frappe. Elle pense : « L'amour d'un imbécile n'est qu'un caprice vite passé. »

« Tu sais, poursuit-elle, la pire des choses qui puisse nous arriver c'est qu'on s'aime. Après nous serons vraiment dans la choucroute.

— Ne t'en fais pas. Nous sommes deux adultes intelligents. Nous trouverons une solution », lui répond-il dans un mail.

Sa fille lui téléphone : « Qu'est-ce que tu vas mettre, Maman ? » Elle lui suggère simple et chic.

Plus tard, elle rappelle : « Et tu mets quoi aux pieds ? »

Et avant l'heure fatidique, encore un dernier conseil : « Maman, tu n'en dis pas trop, hein ? »

Il a réservé un hôtel juste en face de la maison de sa sœur. « Si je n'ai pas de nouvelles de toi dans un quart d'heure, je viens te chercher », lui dit celle-ci.

Elle traverse la rue. C'est son premier rendez-vous avec un homme, un inconnu, peut-être un criminel dangereux et, en plus, sa sœur va débarquer dans quinze minutes. Elle est pleine de complexes. Elle tire sur sa robe, elle se coiffe de nouveau, elle teste son haleine. Peut-être devrait-elle rebrousser chemin.

Non, elle n'a jamais reculé devant les défis. Elle lui téléphone du salon de l'hôtel. « Je suis là ! » dit-elle.

Il arrive. Il a l'air plus vieux que l'âge annoncé dans le profil, mais il a une bonne bouille. Il l'entoure de ses bras. Après tout, ils sont déjà de vieux amis puisqu'ils s'écrivent et se parlent depuis des mois. Il « connaît » ses enfants et elle les siens. Ils ont parlé de tout. Elle lui a même demandé ce qu'il pense du sexe. Il a fait le récit tragi-comique de ses trois femmes précédentes. Il lui a dit toute son admiration et sa jalousie à propos de ses trente ans de mariage à un seul homme. Lors de leur correspondance par mails, il lui avait confié un jour qu'il n'aimait pas sa vie amoureuse et qu'il en avait honte.

Il la regarde comme s'il avait découvert un vrai chef-d'œuvre. Personne ne l'a jamais regardée comme ça. Son mari n'était pas démonstratif. Ils n'ont pas encore échangé un mot. Soudain il dit : « OK, tu m'as vu. Maintenant, téléphone à ta sœur ! »

Elle court téléphoner à sa sœur : « Il est très sympa. Ne t'inquiète pas. Je te le présenterai demain soir. » Ouf ! Elle se sent pousser des ailes. Seule avec un homme qui a fait tout ce chemin pour elle. Deux solitudes qui se rencontrent. La solitude mange l'âme.

Sa sœur lui avait fait répéter : « Jeremiah, nous pouvons être amis sans coucher ensemble. » Maintenant la sœur hurle : « Tu n'es pas obligée de coucher avec lui ! »

Mais elle n'a qu'un seul désir : se blottir contre lui, une faim qui ne diminue pas, même après le dîner.

Alors ils montent dans la belle chambre luxueuse. Il y a une bouteille de champagne. Ils boivent en parlant. Elle lui montre les photos de ses petits-enfants. Ils boivent encore. Elle frotte sa jambe contre lui. Mon Dieu ! Elle n'en revient pas de son audace.

Avant, elle pensait qu'elle aurait préféré se jeter par la fenêtre plutôt que de se déshabiller devant un homme. Mais, tout naturellement, ils émigrent vers le lit. Le lit est un nuage de douceur où rien n'existe à part deux cœurs et deux corps qui deviennent un.

Elle ne veut pas que cette nuit-là finisse.

Peut-être ne finira-t-elle jamais…

Angela Paréo

Arnaud Guillon

JE VAIS
À LAMER
ET VOUS?

Le trimaran qu'accompagnait un cortège d'embarcations glissait sur l'eau verte. Des fusées de détresse brillaient à sa proue tandis qu'un marin en ciré jaune, coiffé d'un bonnet, allait et venait sur le pont, et levait les bras pour saluer ses admirateurs. La scène, lorsqu'elle était filmée depuis un hélicoptère, donnait une idée de la taille exceptionnelle de ce voilier qui, au terme d'une course transatlantique, avait franchi en tête la ligne d'arrivée.

J'ai eu un choc en découvrant les images suivantes. En effet, le marin en ciré jaune n'était pas un homme, mais une femme que l'on voyait maintenant en gros plan. Angela Paréo, accueillie par ses parents, ses amis, venait de mettre pied à terre après avoir à la fois remporté une victoire en solitaire et battu le record de la traversée de l'Atlantique. On se bousculait sur le quai pour l'apercevoir, et il y avait beaucoup de bruit autour d'elle. Entourée de micros, de caméras, elle livrait ses premières impressions et laissait éclater sa joie d'entrer dans la légende des skippers les plus rapides du monde.

— J'en avais si souvent rêvé, confiait Angela Paréo avec un large sourire qui effaçait à peine les traces de fatigue sur son visage.

Pendant que les journalistes l'assaillaient de questions, d'un geste machinal elle écartait une mèche de ses cheveux noirs qui revenait se poser sur son œil droit. Elle n'avait pas beaucoup changé, en cinq ans, et je la reconnaissais bien. Même sa voix me semblait familière.

Souvent je m'étais demandé comment elle allait et quelle était sa vie. Les deux fois où j'avais rêvé d'elle, je ne distinguais que sa silhouette claire, sous le soleil ; mais si je m'approchais, les traits de son visage restaient indistincts, comme les couleurs d'une photo qui auraient pâli.

Et voilà qu'Angela réapparaissait, sur un écran de télévision...

Sans doute les médias, depuis plusieurs jours, rendaient-ils compte de la progression des concurrents dans la course et commentaient-ils l'exploit qu'était en train de réaliser Angela Paréo. Mais je n'avais pas suivi l'actualité, ces derniers temps, et encore moins les événements sportifs.

Le reportage fini, j'ai éteint le poste et je suis allé dans mon bureau pour ressortir les Polaroids que je conservais dans une chemise, au fond d'un tiroir. Je ne les avais pas regardés depuis longtemps, et j'ai éprouvé un sentiment étrange en revoyant le visage souriant d'Angela et le mien, joue contre joue, sur une plage de Normandie.

Ce jour-là, 6 août 2000, c'était pour moi le début des vacances, et je m'en allais retrouver ma femme et mon fils dans une villa, sur la côte, où ils séjournaient depuis trois semaines. La circulation sur le périphérique était fluide en ce début d'après-midi, et je roulais tranquillement, même si je sentais grandir mon impatience à l'approche de la porte de Saint-Cloud. Comme toujours, sitôt le tunnel franchi il me semblerait entrevoir la mer, les couleurs et les ciels de l'Ouest.

Aujourd'hui encore, quand arrive l'endroit où Angela se tenait au bord de la chaussée, à chaque fois je pense à elle.

Vêtue d'un T-shirt blanc, d'un pantalon en toile beige et de tennis bleu marine, elle portait un petit sac accroché à son épaule et, le bras tendu, levait une pancarte à l'intention des automobilistes. Je l'avais vue de loin et j'ai ralenti pour lire son message écrit en lettres capitales, à l'encre noire :

JE VAIS À LA MER, ET VOUS ?

Je me rappelle l'expression de son visage et le reflet du soleil sur ses cheveux courts lorsque je suis passé à sa hauteur.

Je me suis arrêté quelques dizaines de mètres plus loin. Avant même que je fasse marche arrière elle courait pour me rejoindre.

Je me suis penché pour lui ouvrir la portière. Elle a jeté son sac par-dessus le siège et s'est assise à mon côté. J'ai remarqué sa peau diaphane, les cernes sous ses yeux, et la blancheur de ses dents quand elle m'a souri. Elle était essoufflée, et des petites gouttes de sueur perlaient sur son front bombé. Je lui donnai environ vingt-cinq ans.

Nous avons parcouru les premiers kilomètres sans rien nous dire, ou presque. Je n'avais pas l'habitude de prendre des gens en auto-stop et je ne savais comment engager la conversation. Angela — elle m'avait dit son prénom en me serrant la main —, occupée à regarder défiler les bois derrière sa vitre, paraissait indifférente au silence qui s'installait.

« Si nous ne devons pas échanger trois mots, pensai-je, le voyage risque d'être long. »

Après avoir hésité à allumer la radio, j'ai fini par demander à Angela depuis combien de temps elle se trouvait sur le périphérique, avant mon arrivée. Dix minutes.

— Ça va, dis-je, l'attente n'a pas été trop longue...

Elle a tourné la tête et m'a souri :

— Grâce à vous.

Elle avait vraiment mauvaise mine et, malgré son sourire, j'ai lu une douleur dans ses yeux.

Elle a attrapé au fond de son sac une petite bouteille d'eau dont elle a bu plusieurs gorgées, avant de me la tendre. Mais je n'avais pas soif, et elle l'a remise à sa place. Puis Angela, comme si elle avait attendu que je fasse le premier pas, ou que ma question l'avait mise en confiance, me raconta que ce matin son réveil n'ayant pas sonné, le train était parti sans elle. Trop impatiente pour attendre le suivant — il n'y en avait pas beaucoup, le dimanche, et d'ailleurs les voyages en train l'ennuyaient —, munie de son sac et de sa pancarte elle avait pris le métro jusqu'à la porte de Saint-Cloud et rejoint le boulevard périphérique, où une voiture, espérait-elle, l'emmènerait vers la mer.

Après une heure de route, nous en savions davantage l'un sur l'autre. Sans doute parce que nous ne serions pas amenés à nous revoir, peu à peu nous avions laissé la conversation prendre une tournure plus intime. Angela, ayant remarqué mon alliance, m'avait demandé de lui parler de ma femme et de la lui décrire, et aussi de mon fils qui venait d'avoir six ans. Elle a eu l'air amusé d'apprendre qu'il ressemblait à s'y méprendre à sa mère au même âge.

— C'est un garçon, vous êtes sûr ? demanda-t-elle en éclatant de rire.

Mon métier d'avocat l'intriguait, et elle m'avait longuement interrogé à ce sujet. Ses questions innocentes, sans lien entre elles, me plaisaient, et j'essayai d'y répondre le mieux possible.

Plus tard elle me parla de son enfance nomade. Son père, qui travaillait dans la marine marchande, n'avait cessé de se promener à travers le monde en emmenant avec lui sa famille. Angela était née lors d'une escale à Palerme, et sa mère, pour cette raison, avait tenu à lui donner un prénom italien.

Très tôt Angela et ses sœurs avaient vécu sur l'eau et appris à se débrouiller seules. À onze ou douze ans, déjà, à Tahiti, elles arrêtaient les voitures sur la route pour aller et revenir de l'école. L'habitude d'Angela de faire de l'autostop datait de cette époque dont elle gardait le souvenir d'une grande liberté aux mille couleurs. Par la suite, avec ou sans ses parents, elle avait découvert le Japon, l'Afrique, Terre-Neuve, et développé son goût de la voile, des bateaux.

La lumière avait changé. La côte n'était plus qu'à quelques dizaines de kilomètres, et Angela venait de se réveiller.

J'avais été surpris, tout à l'heure, de la voir s'endormir tandis que nous bavardions et qu'elle avait à peine fini une phrase.

— On approche, dit-elle en contemplant le ciel à travers le pare-brise. Bientôt on verra des mouettes...

En prononçant ces derniers mots, elle ressemblait à une petite fille dans l'attente d'une surprise.

Angela, après s'être redressée sur son siège, me confia son bonheur de revoir la mer dont une épreuve l'avait privée depuis deux ans ; une maladie du sang qui avait failli l'emporter et dont elle se remettait à peine. Et, a-t-elle ajouté, même si les médecins, au terme de son long combat, l'avaient déclarée guérie, elle devrait désormais se soumettre à des contrôles réguliers.

Je n'ai posé aucune question pour ne pas me montrer indiscret. Mais à quelques détails qu'elle me livra ensuite, je compris qu'il s'agissait d'une leucémie.

Durant son hospitalisation, Angela n'avait qu'une idée en tête : revoir la mer. Cette idée, au fil des semaines, des mois, tourna à l'obsession. Dans les moments de découragement, quand le traitement était lourd, la fatigue insurmontable et qu'elle n'avait « plus un poil sur le caillou », Angela s'accrochait à cette pensée : revoir un jour la mer et remettre les pieds à bord d'un voilier pour à nouveau entendre les vagues frapper la coque et sentir sur son visage le fouet du vent et des embruns. C'était comme une lueur d'espoir, la flamme d'une bougie qu'elle voyait briller depuis le fond de son tunnel.

— Vous comprenez, dit-elle, l'importance qu'a pour moi ce voyage, et pourquoi, dans dix ou vingt ans, si je vis jusque-là, je ne vous aurai pas oublié.

Moi aussi je savais que je me souviendrais d'Angela.

Elle a sorti de son sac un Polaroid et a commencé à photographier le paysage inondé de soleil qui défilait derrière sa vitre. Les champs, les maisons, la route, les arbres, les jardins, rien ne lui échappait et ses clichés s'entassaient sur le tableau de bord. Puis elle s'est tournée vers moi pour faire un portrait. La photo à la main, elle plaisantait en attendant de voir apparaître mon image.

Quand la mer a surgi à l'horizon, j'ai senti chez Angela comme du recueillement. Elle a baissé sa vitre, et, le nez au soleil, elle respirait l'air qu'embaumaient l'iode et la campagne.

Sans quitter des yeux le ruban bleu qui se déroulait entre les haies, elle a avancé son bras vers le volant pour prendre ma main dans la sienne et la serrer très fort. La gorge nouée, je n'osais pas la regarder.

En arrivant à Granville, Angela m'a demandé de passer par le port.

Debout sur le quai, nous avons observé un long moment les bateaux qui revenaient des îles et franchissaient en file indienne les portes tout juste ouvertes. Immobile, les mains sur les hanches, Angela balayait l'espace du regard comme pour juger de la réalité ou de l'ampleur du spectacle qui s'offrait à elle.

Quelques minutes plus tard j'ai garé la voiture sur le

parking du Plat Gousset. Installés à la terrasse de l'Hôtel des Bains, nous avons bu une menthe à l'eau en contemplant les ondulations de la mer dont le fracas sur les rochers se mêlait aux bruits de la plage. Les vacances commençaient, et je me rappelle avoir pensé à la chance que j'avais de voir la mer quand des gens qui resteraient à Paris tout l'été se trouvaient en ce moment même dans le métro.

Nos verres étaient vides. Nous sommes descendus sur le sable. Angela, après avoir posé son sac et ôté ses tennis, a fait quelques pas et s'est accroupie pour recueillir de l'eau de mer dans le creux de sa main qu'elle portait à ses lèvres. Debout derrière elle, je l'observais en silence. Elle a répété ce geste plusieurs fois de suite, et quand elle s'est retournée, un sourire éclairait son visage ruisselant de larmes.

D'où me venait la certitude qu'après mon départ, seule sur la plage, elle irait se glisser dans la mer incandescente comme pour se nettoyer des souillures de la maladie ? Je l'imaginai, en ombre chinoise sur le ciel orangé, allant et venant à la surface, puis disparaissant sous l'eau pour réapparaître plus loin…

Elle est revenue en se passant la main sur le visage, et nous nous sommes assis. Une fois encore elle a sorti du sac le Polaroid et m'a demandé de m'approcher d'elle. L'appareil à bout de bras et sa joue collée contre la mienne elle a fait plusieurs photos de nous deux, dont une que j'ai sous les yeux tandis que j'écris ces lignes. Son sourire y est aussi franc et lumineux que le mien semble forcé. Je me souviens de la joie d'Angela en découvrant nos visages serrés l'un contre l'autre.

De retour à la voiture j'ai glissé ce cliché dans la boîte à gants, avec ceux qu'Angela avait laissés sur le tableau de bord. Plus tard, rangés dans une chemise, j'ai pris soin de les serrer au fond du tiroir où je venais de les retrouver.

J'ai parfois eu la tentation de jeter ces photos, ou de les brûler. Je n'avais pas parlé à ma femme de ma rencontre avec Angela. Que lui dire si un jour elle tombait sur ces images ? Et, pensais-je, à quoi bon conserver les clichés d'une fille que je ne connaissais pas, ou si peu, et que je ne reverrais jamais ? Cependant la certitude de le regretter tôt ou tard m'a empêché de détruire les Polaroids, ou de m'en débarrasser.

J'avais encore de la route à faire. Au moment où je quittai le Plat Gousset, le soleil descendait sur la mer et donnait à la plage une couleur blonde. Les mouettes, indifférentes aux vacanciers qui remontaient, allaient et venaient sur le sable chaud en criant.

Je venais de dire adieu à Angela et de lui souhaiter bon vent. Lorsqu'elle s'était levée pour m'embrasser et me remercier de l'avoir amenée jusqu'ici, je l'avais serrée dans mes bras en me demandant ce qu'elle allait devenir.

Ce soir, comme des millions de gens, je connaissais enfin son nom. Angela Paréo.

Deux Polonais sur ordonnance

David Foenkinos

En 1982, ou bien c'était en 1993, ou alors c'était en…, enfin il ne s'en souvenait pas trop, mais il y eut une année où Ferdinand perdit la mémoire. On lui conseilla une clinique dirigée par le docteur Mazons, un homme dont la vie personnelle était si peu excitante qu'il avait décidé de s'oublier dans le travail. La clinique était presque en Suisse, on pouvait marcher et *s'ensuissifier* pour une promenade. Le docteur aimait bien dire que la guérison est une frontière, et qu'il faut passer en Suisse pour échapper à la maladie. Considérant que la maladie est un pays sous occupation, tout se tenait.

Ferdinand avait une chambre au confort honnête, il lui semblait que rien n'était fait pour l'agresser, la décoration datait de l'époque du compromis. Il restait souvent allongé à fumer des cigarettes, beaucoup de cigarettes : si sa chambre avait eu des poumons, elle aurait très vite contracté un cancer. Mais assez vite (le fameux air helvétique ?), il fuma de moins en moins, et préféra passer son temps à faire des promenades. Se dégourdir les jambes est primordial quand on a un problème d'ordre psychologique. Dans les couloirs de l'hôpital, il aimait aussi marcher, avec l'impression d'être happé par l'incroyable blancheur des murs. Tout est blanc dans les hôpitaux, comme si c'était la couleur de la guérison. Ferdinand respectait tous les règlements du lieu, il avait un côté « enfant sage » dans la maladie ; ou alors, il serait plus juste de dire que la maladie nous infantilise. Il notait sur un petit carnet ses rendez-vous avec le docteur Mazons. Le reste du temps, il essayait de le passer, ce temps.

Un jour, il osa toutefois demander à Mazons ce qu'il faisait là.

Mazons le regarda avec son air professionnel de ne jamais sembler surpris et lui répondit : « C'est étrange, mais vous me posez systématiquement cette question. Je dois bien constater que nos séances s'effacent dès votre sortie. Je vous ai déjà expliqué qu'on vous a retrouvé dans un hôtel, sans le moindre papier, et sans le moindre souvenir. Voilà… mais ne faites pas cette tête-là. Vos symptômes sont normaux. Ne vous inquiétez pas, on prendra le temps qu'il faudra, mais vous le retrouverez votre passé, c'est promis ! Et si ça peut vous rassurer, vous n'êtes pas le cas le plus critique : Proust a dû écrire sept mille pages pour le retrouver, son temps perdu !

— …

— Bon d'accord, ce n'est pas très drôle. Ce qu'on va faire, c'est qu'à partir d'aujourd'hui, vous allez noter tout ce que nous disons. Et le soir, vous réviserez ! Des antisèches pour aider votre mémoire…

— Oui, très bien… je pense aussi que c'est une bonne idée.

— Allez, bonsoir… on se voit demain !

— Bonsoir…

— …

— Euh, docteur Mazons ?

— Oui ?

— C'est un peu gênant, heu… enfin, vous dites que ce n'était pas très drôle… mais je ne peux pas trop savoir… heu… comment dire… mais j'ai tout oublié… c'était qui Proust, déjà ?

— Ah… C'est à ce point-là… Bon, on va d'abord s'occuper de vous… Et tout le reste, vous savez, c'est de la littérature… »

Sur ce, le docteur s'enfonça dans les murs blancs. En quelques secondes, son corps était oublié.

Ferdinand lisait chaque soir ce qu'il avait pu voir ou entendre ; mais rien ne lui revenait de son passé. Sa mémoire agonisait en fin de peloton, irrémédiablement lâchée. Il s'accrochait à ce que disait Mazons, il aimait la voix de son médecin, une voix posée comme un arbre. On pouvait s'y adosser. C'était ridicule, mais, au fil des jours, Ferdinand pensait pouvoir se retrouver. Tout le mettait en confiance. Si bien qu'il lui arriva de discuter avec un autre *client*. Ce dernier s'appelait Bernard et ne pouvait admettre que son chien n'était pas un humain. Romuald, le chien en question, était un vilain garçon en pleine crise d'adolescence. Bernard s'approchait de Ferdinand, pour lui confier : « Vous vous rendez compte qu'il ne range jamais sa chambre ! »

Ferdinand, si sage Ferdinand, n'osait lui dire que Romuald était un chien et que les chiens ne rangent pas leur chambre ; on pouvait même considérer que les chiens n'ont pas de chambre, mais plutôt un abri nommé niche. Il se taisait, et pensait que le mot « niche » était l'anagramme du mot « chien » ; son cerveau commençait à repartir : parler avec Bernard était, à coup sûr, un démarrage en douceur, une plaine molle. C'était peut-être ce que souhaitait Mazons ; Ferdinand ne pourrait que s'éveiller aux côtés d'un sous-Einstein. Étrangement, nous sommes stimulés par le bas. Les fous réagissent à des propos dont la folie est supérieure à la leur. Par contraste, par instinct de conservation. Ferdinand se dit : « On ne peut pas me mettre à côté de lui… Moi, je sais qu'un chien ne range pas sa chambre. »

Voilà par où les convalescences passent.

Le regard de Ferdinand était souvent attiré par les deux brancardiers (on les disait polonais) de la clinique ; il faut dire qu'on pouvait difficilement ne pas les voir. Et ceci en raison de leur incroyable différence de taille. L'un était grand, l'autre était petit ; ils disaient que l'écart de taille les séparant était presque d'une seconde. Et comme tout le monde leur expliquait qu'on ne mesure pas la taille en secondes, mais en centimètres, ils haussaient assez fièrement les épaules et expliquaient leur façon de calculer. Il fallait impérativement de la pluie, car seule la pluie permettait le calcul de leur différence de taille. En d'autres termes, la seconde dont ils parlaient était la différence de temps que la pluie mettait pour toucher le plus petit des deux. Et souvent, le grand disait : « Tu te rends compte : quand il pleut, tu es mouillé presque une seconde plus tard que moi… C'est un avantage considérable ! »

Du coup, le petit faisait souvent son fier pour cette raison. Ferdinand les regardait, et éprouvait toujours quelque frayeur pour les corps transportés. Avec leur différence de taille, les malades manquaient toujours tomber : c'était exactement comme s'ils déménageaient un lit dans un escalier.

Ce qui aurait pu être une anecdote légère se révélait, à vrai dire, d'une importance capitale. Un jour, les brancardiers avaient tenté de déplacer un malade si léger que le pauvre avait dû tomber une bonne demi-douzaine de fois en traversant une seule pièce. La scène était d'une telle drôlerie que Ferdinand se mit à rire. Il lui fallut d'ailleurs plusieurs minutes avant de s'apercevoir qu'il était en train de rire ; et qu'il n'avait pas ri depuis des mois. Plus le malade tombait, et plus il riait. Ces Polonais, sans le savoir, venaient de le ramener à une « certaine vie »... Et à sa mémoire ! Aussi incroyable que cela puisse paraître, au moment précis où les Polonais le firent rire, des images de son passé surgirent dans son cerveau. Ferdinand se précipita dans le bureau du docteur Mazons :

« Ça y est ! Je l'ai retrouvée.

— Quoi ? sursauta le docteur.

— Ma mémoire ! Ma mémoire, elle est revenue...

— Ah bon, comme ça ?

— Oui... je regardais les Polonais, et je me suis mis à rire... et voilà... je n'en reviens pas, je suis si heureux ! »

Mazons semblait aussi heureux que son patient ; entre eux, il s'était passé quelque chose ; ils avaient été côte à côte sur le rivage de l'oubli ; ensemble, ils avaient attendu la mémoire de Ferdinand. Et voilà qu'elle accostait enfin, après toute cette attente. Les deux hommes étaient unis dans l'émotion. Au bout d'un moment, Mazons l'interrogea :

« Et alors ? Vous vous souvenez de quoi ?

— De tout ! » s'enthousiasma Ferdinand.

C'est alors qu'il s'effondra. Il était tellement heureux de recouvrer la mémoire qu'il en avait oublié les détails. Et maintenant qu'il se focalisait sur ce moment dans la chambre d'hôtel, il revoyait la dernière scène juste avant l'amnésie. Il revoyait une femme, et c'était une femme avec qui il avait eu une longue histoire. Elle s'appelait Thérèse. Oui, Thérèse. Tout revenait en lui ; leur rencontre, leur histoire, et leur fin ce jour-là. Elle était partie en claquant la porte. Elle l'avait quitté subitement. Après la joie, Ferdinand se mit à pleurer toutes les larmes que l'oubli avait retenues. Pourtant, il ne se sentait pas si triste ; c'était une sensation étrange. Comme si l'amnésie lui avait permis de cicatriser sa douleur. Comme si sa parenthèse de mémoire avait été la meilleure chose pouvant lui arriver pour surmonter une rupture sentimentale.

« Il y a des moments où l'on n'a pas envie de vivre sa vie, soupira-t-il. Et je crois que j'ai réussi à le faire…

— Oui, je pense que nous avons tous des moyens physiques pour lutter contre nos souffrances…, enchaîna Mazons. Le corps trouve des *solutions*. Pour vous, c'était l'amnésie…

— Oui…

— Mais si jamais vous replongez, n'oubliez pas qu'il vous faut deux Polonais pour revenir à la surface ! »

Ferdinand se mit à rire ; et dans ce rire, on pouvait deviner l'espoir d'un bonheur sans Thérèse.

Les pancalistes

Éric Holder

L'autocar roulait entre des carrières de calcaire, des cimenteries que le soleil, déjà haut à dix heures, transformait en exploitations intergalactiques, sur une planète où l'air aurait été chargé en particules, irrespirable au point de ne pouvoir s'y déplacer qu'en camion aux pneus énormément crantés, après quoi il abordait un large virage, disparaissait dans un tunnel, et découvrait à sa sortie le vert profond des pins de Dalmatie, la mer Adriatique bleu tissé de fils d'argent, au loin les îles de Šolta et de Brač, dans la pente qui menait, tout là-bas, orange à cette heure, à la ville de Split. Le guide, dans le micro, évoquait l'humour étrange de ses habitants.

— Un exemple ! cria quelqu'un.

— Eh bien, il vivait sur le port un autochtone, toujours coiffé d'un chapeau garni d'une plume, qui prétendait être chanteur d'opéra, annonçait dans les cafés ses programmes chargés, et poussait pour un rien le grand air du Trouvère. Un ami lui fit croire qu'on l'avait remarqué, qu'il était engagé à New York. La population s'était cotisée. Ils déroutèrent — Dieu sait comment — un paquebot étranger. Le jour du départ, ils étaient des centaines à se bousculer sur le quai, agitant la main en direction de la silhouette qui s'éloignait, les bras chargés de fleurs, brandissant son chapeau, à l'arrière du bateau qui l'emmenait au loin.

De l'eau-de-vie de prune était passée dans l'allée entre les fauteuils, à laquelle Mikael n'avait pas touché. Depuis l'arrière de l'autocar, en compagnie d'un autre solitaire, Froëbe, qui prenait des notes, il avait une vue plongeante sur une vingtaine d'écrivains comme lui, et qui s'entendaient joyeusement en anglais. L'Espagnole était piquante, les Italiens loquaces, l'Irlandais pince-sans-rire, les Croates amicaux, Froëbe, norvégien et pensif, Mikael, grincheux.

Ils visitèrent quelques rues sous un soleil de plomb (qui fit s'évanouir le Russe), puis gagnèrent la cour délicieusement ombragée d'une pizzeria où des tables avaient été réservées. Mikael et Froëbe élirent la plus petite, pour quatre, bientôt rejoints par Volker et Olga. Volker n'était pas écrivain, mais peintre, et natif d'Eiweiler, en Allemagne. Mikael l'avait tout de suite reconnu comme l'un des siens, maigre sous des chemises trop larges, le cheveu en bataille, la finesse et le décapage qu'ont laissés dans le regard les années d'excès. Il devait d'être là à Olga, la Polonaise, qui n'aurait su partir sans lui. Un mot sur Olga : vive, les cheveux noirs qu'on ne prend pas la peine de remettre en place, pour cause de passion, le rire à fleur de lèvres cerise écrasée. Un grand vent faisait flotter leurs habits, on avait envie de crier « Bonne chance ! » et, dans leur voisinage, Mikael guettait les taches de couleur supplémentaires aux fenêtres, le moelleux d'une voûte, l'éclat soudain du ciel au-dessus des murailles de Dioclétien. Pour l'heure, le service tardait, Volker et lui manquaient de cigarettes, il se dévoua — les Français sont élégants.

Deux ou trois antiques rues plus loin, la chaleur éteignait les bruits, il fut arrêté par un bar comme une échoppe romaine. Des bières perlaient sur le comptoir. Quand il porta l'*Ožujsko* à sa bouche, il entendit résonner une sonnette, dans le même temps que lui apparaissaient le diable et l'ange qui tourmentent le capitaine Haddock. Mikael n'avait pas bu depuis deux ans. Il s'étonna de la rapidité avec laquelle il liquida sa pinte et commanda une eau-de-vie de prune. Lorsqu'il rejoignit la compagnie (avec des cigarettes), le repas n'était pas servi, mais on avait disposé sur les tables du pain et du vin blanc. Volker racontait dans quelles conditions, quelques années auparavant, il avait passé neuf mois dans le Luberon (certains passages en français), sa femme y était devenue folle. Froëbe disait qu'il aimait bien les enfants, se pencher à leur oreille : « Tu veux voir brûler la maison du Père Noël ? » Olga gazouillait de façon incompréhensible, mais signifiait qu'elle était heureuse. Mikael regrettait de ne pouvoir tremper ses pieds, jambes de pantalon relevées, dans l'Adriatique, avec ses trois amis. Ils décidèrent de lever le camp sans éveiller de soupçons, tant pis pour leurs sacs empilés parmi d'autres dans une remise. C'était l'affaire d'une heure. On ne se rendrait compte de rien.

C'était une idée à la con. Split est une ville merveilleuse, mais c'est un port. S'ils mirent peu de temps à évaluer que la première eau claire devait se trouver à des kilomètres, ils comptèrent une demi-heure avant de revenir, tiens, c'est curieux, au même endroit, sur le même quai. Il est aisé de descendre en direction de la mer, il est difficile de retrouver une pizzeria dans le centre captieux d'une cité dont on ne possède pas le plan, à quoi bon ? On ne connaît pas non plus l'adresse et l'on ne se rappelle plus l'enseigne. Les guides gisent dans les sacs, ainsi que les passeports, les téléphones, l'emploi du temps, l'heure. Restent deux paramètres : la fin du *sightseeing* (7 p. m.), la position approximative d'une *trg* (place) au-dessus de la ville, près de laquelle le chauffeur s'était garé. Lorsqu'ils la retrouvèrent, l'autocar avait disparu. Mikael vit clairement clignoter en lettres rouges le mot « problème », absent de son vocabulaire depuis un couple d'années. Il s'engouffra dans un bar, suivi de Froëbe, afin de vérifier le nouvel axe autour duquel tournait le monde, et ressortit rasséréné : Froëbe mesurait un mètre quatre-vingt-quinze. Nulle brume, derrière ses lunettes, ne ternissait ses yeux de plein ciel, on se serait perdu sans crainte, avec lui, à Hong Kong.

Ce fut Olga qui reconnut distraitement la pizzeria, ils passaient devant sans la remarquer, avec sa grille fermée. Mikael fit un peu de tintouin ; un homme émergea en maillot de corps à l'étage. La fureur d'être réveillé en pleine sieste surempêchait de comprendre son croate, il désignait la grille d'un doigt agité. « *Zatvoreno* », interprétait Mikael. « Fermé, oui… » Ce n'était pas cela : les organisateurs y avaient autrefois accroché un message dont il ne restait plus qu'un coin déchiré, sous un morceau d'adhésif. Tous quatre se retirèrent à l'abri fertile d'une autre taverne. La petite place, devant, avec ses pans laissés dans l'ombre et certaines façades jetées dans la lumière, donnait envie de revoir les peintres tachistes italiens.

— Visitons les plus beaux sites, proposa Froëbe. Nous finirons bien par tomber sur eux.

— La solution est toujours voisine du beau, dit Volker.

Olga souriait jusqu'aux oreilles.

Ils visitèrent, ou revirent, le palais Papalic, la porte d'Or, la galerie Mestrovic. Dans les ruelles en pente, Volker et Olga, devant, semblaient sur le point de s'envoler. Ils n'avaient guère le temps d'attendre que, derrière, Mikael et Froëbe ressortissent des cafés où ils entraient en coup de vent.

— Le beau n'est pas qu'une religion, expliquait Froëbe à Mikael, c'est-à-dire une croyance. C'est aussi une philosophie, soit une connaissance raisonnée. *Pancalisme.*

— *Pancalisme* ?

— Une doctrine exposée au début du XXe siècle par Baldwin : le beau est à la source de tout. Une théorie esthétique de la réalité.

— Dit-elle que nous avons raison de rechercher la beauté ?

— Absolument.

Dès lors, il ne fut plus question de collectionner dans Split, où ils affleuraient souvent, les motifs d'étonnement, mais d'y dénicher la merveille, le point sublime à côté duquel ils retrouveraient, ils n'en doutaient plus, le groupe. Ce pouvait être un concert de plein air, supposait Froëbe en entendant les notes d'un violon. Volker interrogeait des passants : à leur avis, où ? L'un d'eux leva la main avec exaltation : « *Maïas !* » Ils cherchèrent *Maïas* — un temple ? une divinité ? — jusqu'à ce qu'ils saisissent enfin, « *my ass* », mon cul en anglais.

— Humour local, rappela Olga.

À 6 p. m., ils étaient assis ou allongés côte à côte sur l'herbe de la colline de Marjan. Leurs cuisses avaient durci.

— Quand j'étais enfant, se souvenait Volker, chaque fois que j'avais un problème, j'allais voir mon grand-père.

Il n'y répondait pas directement, mais sortait de sa bibliothèque un ouvrage d'art. Nous le feuilletions ensemble, en silence. Il revenait souvent à une toile. Le nom du peintre ne vous dira rien. C'était un paysage enneigé au nord de l'Allemagne, avec des corbeaux, une énorme hutte noire et une petite vieille transportant un fagot. Il était doué du pouvoir de calmer les angoisses…

— Tu es angoissé ? demanda Olga, soudain inquiète, elle-même.

Il cligna de l'œil :

— Je cherche son magique équivalent.

Split s'étendait à leurs pieds. Entre les tours et les campaniles, l'air vibrait des cris des martinets, rendus fébriles par la fin de l'après-midi. Mikael, mains croisées derrière la nuque, avait cessé de s'en faire. S'il n'était pas adepte du pancalisme, ni n'avait reçu d'éducation artistique, il savait que ce qu'il avait toujours désiré était en train de se dérouler sous ses yeux. « J'écris pour rencontrer certaines personnes », disait André Breton. Mikael ne doutait pas que Froëbe fût un bon écrivain — préoccupé d'immatérialité — ni qu'Olga semât des fleurs sur son passage — ce dont il eut la preuve, plus tard, en lisant une traduction, bon sang, elle avait le don de jeter dans les pages ces papiers japonais qui s'ouvrent en corolles au contact de l'eau. Il avait vu des travaux de Volker, acharné à débusquer l'enfance par des déchirures dans le rideau. Dans quel azur immobile, sur quelle plage de la vie se tenaient-ils, tous quatre ? Bien sûr, un vent soufflerait, qui les emporterait comme graines de pissenlit. Pour l'heure, chaque minute ensemble les remboursait cent fois d'avoir été seuls souvent, en quête de l'idéal.

Mikael se redressa, les coudes aux genoux. Le soleil dardait sur un point précis du port, un décrochement du quai en dessous duquel la mer étincelait spécialement, le sac d'or promis au bout de l'arc-en-ciel. Il se tourna vers Volker. Lui aussi regardait dans cette direction, les yeux plissés comme s'il visait un objectif.

— Je vois la même chose que toi, mon vieux, dit-il en français.

Le groupe se présentait sous la forme d'une vingtaine de dos, leurs propriétaires attentifs à une fenêtre que désignait le guide, sur une place adjacente au miroitement, et restée dans l'ombre. Ils tâchèrent de le réintégrer sans se faire remarquer, mais :

— *You...*

Le guide cherchait en vain ses mots, tandis que les visages se tournaient vers eux, sa pensée se traduisait mieux par le geste de la main qui écrasait une noix résistante, tandis que les veines de son cou saillaient.

— *You...*

Épilogue (pour Volker) :

Un conte zen rapporte qu'un laïc montait au monastère pour consulter, dès qu'il avait un problème de santé. Le moine, qui ignorait tout de l'art médical, lui conseillait cependant de boire « une décoction de nœuds de glycine grillés ». Le remède était, semble-t-il, efficace. Le jour où le laïc perdit son cheval, il alla s'en remettre de la même façon au moine. De la même façon, il lui fut prescrit « une décoction de nœuds de glycine grillés ». Mais, à force d'en griller les nœuds, la glycine avait disparu des alentours. Il n'en restait plus qu'au fond de la vallée, près de la rivière. C'est là que l'homme retrouva son cheval. « Tel est le pouvoir merveilleux de la foi », conclut Mujû Ichien (1226-1312).

Madame la marquise

Éric Reinhardt

BOUCHERIE

Le père Mercier avait été donné pour mort plusieurs fois par l'ensemble des villageois lorsqu'il réapparut un matin. L'ambulance est passée devant chez moi (j'épluchais des pommes de terre en regardant par la fenêtre de ma cuisine) avant de s'arrêter un peu plus loin devant sa maisonnette à volets gris où, allongé sur un brancard chromé à roulettes, accompagné des deux ambulanciers, il a fini par pénétrer en poussant des vociférations haineuses d'intense satisfaction.

Je pense que j'ai été la première au courant du retour inattendu du père Mercier. Qui aurait-il prévenu, ne possédant aucune famille connue, aucun ami véritable, mais seulement des *connaissances*, un nombre élevé et déclinant de *connaissances* ? Nul ne lui était étranger, de vue et de réputation, y compris les jeunes couples et les quelques Parisiens ayant acquis récemment des résidences secondaires (il s'amusait à produire sur eux l'impression d'une stupéfiante survivance rurale des temps anciens), mais aucune de ces *connaissances* ne pouvait se vanter d'entretenir avec lui des relations suffisamment étroites pour se froisser de ce qu'il fût rentré de l'hôpital sans prévenir. Je dois dire que j'étais la personne qu'il appréciait le plus dans le village, sur laquelle il déversait le moins de ricanements mauvais, vers laquelle il ne tournait que rarement son visage révolté, empreint d'une inextinguible colère sarcastique. Pourquoi ? Peut-être a-t-il senti que j'étais différente des autres, présente et absente à la fois, attentive et lointaine, bienveillante avec tous et secrète, ne m'impliquant dans les affaires du village qu'avec mesure, gardant le plus souvent une précieuse distance critique face aux rumeurs, aux disputes, aux tracasseries, aux commentaires qui animent quotidiennement les humeurs de la population. J'étais du cru, née près d'ici, mais artiste, libre, divorcée, positive. J'étais capable de le comprendre jusque dans ses postures les plus exagérées, j'étais capable d'un peu de compassion et d'une certaine estime pour lui, il le savait.

Les rumeurs qui ont précédé le retour chez lui du père Mercier, retour horizontal et assisté d'une infirmière à domicile, ont suivi une évolution zigzagante. Un matin, il a été donné pour mort par une institutrice à la retraite qui réside devant l'église. Elle prétendait tenir cette nouvelle fraîche d'une amie à elle dont la cousine travaille à l'hôpital, information a priori fiable (c'est ce qu'elle prétendait) qui a fini par s'établir dans les esprits comme un fait irrécusable, chacun feignait plus ou moins la tristesse, concédant même parfois des phrases compatissantes, de brèves absolutions pour ses écarts de misanthrope. *Cette nuit à quatre heures du matin, arrêt du cœur, il n'a pas souffert,* disait l'institutrice à la retraite à qui voulait l'entendre. Quelques jours plus tard, aucun faire-part de décès n'ayant été scotché sur les vitrines, ou punaisé sur le panneau prévu à cet effet à la mairie, le maire lui-même ayant fini par démentir l'information, il avait fallu convenir que l'institutrice s'était trompée, que sa source s'était peut-être méprise sur l'identité du trépassé, certains allant même jusqu'à prétendre qu'elle avait voulu faire son *intéressante*. Par la suite, après une brève interruption des commérages (qui s'expliquait peut-être par un souci peu vivace de décence), les rumeurs les plus diverses reprirent leur train, on le disait mourant, rétabli, décharné, dévoré par un cancer, en rémission durable, à l'article de la mort. J'ai entendu les descriptions les plus crues de l'état corporel du père Mercier, des images d'un réalisme outrancier m'ont donné à imaginer l'ampleur et la nature des symptômes qui l'accablaient, et qui faisaient de lui, pour qui l'avait connu autrefois, si robuste, inusable, un vieillard amoindri, invraisemblable.

Son retour et la nature de son retour, grinçante, les manières de son retour, décidées, c'est un peu comme si le père Mercier avait su depuis son lit d'hôpital les rumeurs qui avaient circulé sur son sort, faussement contrites, empreintes en vérité d'une insidieuse satisfaction — satisfaction tout humaine du secret, de savoir, de murmurer des confidences, satisfaction non moins humaine de n'être pas encore dans l'état qu'elles décrivent, pitoyable et critique. Tout ça est très humain, je l'ai dit, le père Mercier le savait aussi, et c'est sans doute avec cette conscience-là, cette excuse-là, qu'il s'est abandonné avec délices aux fantaisies iconoclastes qui ont suivi. Dostoïevski a écrit dans deux de ses romans, je ne sais plus lesquels, qu'il avait acquis par l'expérience cette certitude inadmissible qu'en définitive les malheurs de nos amis provoquent chez nous quoi qu'on en dise une indéniable satisfaction intérieure. Il en va de même dans la vie des villages, je le constate quotidiennement, où derrière des mines désolées, des propos attristés, la communauté ne manque jamais d'être secrètement excitée, intérieurement égayée et dynamisée par les malheurs de l'un quelconque de ses membres, c'est une chose que l'extrême volubilité de l'institutrice à l'évocation du décès du père Mercier avait rendu palpable (sans doute s'était-elle même parfumée ce jour-là avant de descendre à la boulangerie pour communiquer la nouvelle), je pourrais multiplier les exemples, c'est ainsi.

Quelques jours seulement après qu'il fut rentré chez lui accompagné d'une infirmière à domicile qu'il avait fini par congédier, on l'a vu apparaître un matin équipé d'un spectaculaire attirail de tuyaux et de perfusion, le cou emmailloté d'une gaze et d'un emplâtre de pansements sales qui portaient des traces de sang, vêtu d'un pyjama et d'une robe de chambre, chaussé de charentaises. Cette apparition provoqua la stupeur, l'effroi des villageois. Dans la boucherie où il apparut, puis dans la boulangerie, puis lors d'un pèlerinage qu'il entreprit de faire jusqu'à l'église pour se montrer à l'ensemble de la communauté (il s'arrêta épuisé à mi-côte pour faire demi-tour et rentrer chez lui), il n'occasionna que mutisme, effarement, paralysie et prostration. Même le boucher d'ordinaire si jovial le servit sans un mot, distribuant sur sa physionomie de discrets et rapides coups d'œil qui l'enlisaient dans un mutisme de plus en plus épais. Il était visible que l'état dans lequel le père Mercier avait osé se présenter devant ses semblables leur semblait si indécent que dans un premier temps aucun d'entre eux, ne s'expliquant pareille extrémité, ne trouva à réagir à l'horreur de l'événement autrement que par cette réserve interdite qui empêchait non seulement toute protestation, mais également tout propos de pure forme du type *Vous voilà donc de retour père Mercier quelle bonne nouvelle vous êtes donc en voie de guérison.* C'est à un accueil de statues qu'il eut droit ce jour-là. Il sera dit plus tard qu'il portait déjà sur le visage, parmi les inquiétants symptômes d'un décès proche, cette espèce de joie féroce et de jubilation juvénile qu'on lui connut durant tout le temps où il exhiba le processus de sa lente agonie, son appareillage anxiogène et ses plaies.

Moi-même j'ai cru pendant longtemps qu'il allait mourir d'une minute à l'autre, qu'il ne pouvait en être autrement si l'on considérait objectivement son état, épiderme cadavérique, œil vitreux, haleine morbide, faiblesse presque spectrale des gestes. Lors d'un travail d'été effectué autrefois dans une entreprise d'ambulances, j'ai eu l'occasion de voir mourir de vieilles personnes, j'ai un souvenir précis de leur aspect dans l'instant qui précédait leur extinction, des signes que je voyais apparaître sur la physionomie du père Mercier comme autant de mauvais présages. Comment s'y prenait-il pour trouver la force de déambuler tous les jours de par les rues, s'attarder dans les commerces, forcer ceux qu'il croisait à entreprendre avec lui de brèves conversations qui l'essoufflaient, qui l'épuisaient, et qui les horrifiaient ? Sans aucun doute l'immense plaisir de susciter l'effroi, la gêne, bientôt la haine et même une forme de stigmatisation irrationnelle comparable aux procès en sorcellerie.

De quelle nature étaient les impressions qu'il provoquait ? La maladie effraie, entrouvre des perspectives qu'on préfère éluder, savoir lointaines et théoriques, on préfère se divertir de toute idée de finitude en écartant les images qui la rappellent. Le père Mercier mettait les villageois en contact étroit avec la mort. Par ses apparitions, par cet appareillage, sa trachéotomie toujours sanglante et mal cicatrisée, c'est l'idée même de la précarité humaine qu'il leur imposait constamment. Chacun ne pouvait plus se dissimuler qu'il n'est que de passage et qu'il va bientôt mourir, peut-être même en ayant atteint un degré de décrépitude comparable à celui dont leur voisin leur faisait une quotidienne et si métaphysique démonstration — à l'exemple des vanités espagnoles du XVIIe siècle, ces tableaux qui multipliaient comme autant de rappels de cette même finitude des crânes humains et des ossements. Je me souviens d'avoir entendu à la télévision une nuit la couturière Vivienne Westwood qui prétendait porter toujours sur elle des bijoux en forme d'ossements et de crânes, car rien ne lui semblait plus essentiel que de se rappeler la proximité de la mort, notre destin à tous. Dans ses *Lettres à un jeune poète* que j'ai lues étudiante alors que je commençais la peinture (à moins qu'il ne s'agisse des *Cahiers de Malte*, je ne sais plus), Rilke recommandait de s'accommoder doucement à l'idée de sa propre mort, de la domestiquer avec patience sa vie durant, afin d'être prêt, le jour venu, à l'accepter et à l'aimer, il disait même qu'il fallait porter sa mort en soi comme le fruit contient son noyau. Le père Mercier fonctionnait de cette manière, à la manière des vanités espagnoles, à la manière des bijoux de Vivienne Westwood, à la manière du noyau à l'intérieur du fruit

— à cette différence près que noyau, il l'était d'un village dont il troublait la volonté d'oubli et d'insouciance, noyau indésiré, présence intruse à laquelle on finira par attribuer, comme je l'ai déjà dit, les diverses fatalités de la communauté.

Le premier drame, d'une gravité toute relative (si je l'évoque ici, c'est qu'il a fini par acquérir le statut quelque peu arbitraire d'événement inaugural), eut lieu quelques semaines après la réapparition du père Mercier. Alors que des indices indiscutables avaient déjà alerté l'opinion sur certaines mésententes opposant le boulanger à son épouse, celle-ci commença à déserter régulièrement le domicile conjugal et la caisse, anomalie dont il était difficile qu'elle échappât au moins médisant des villageois, d'autant plus que l'avantage qu'elle semblait prendre dans le conflit entraîna chez son époux une altération assez préoccupante de sa physionomie. Le boulanger apparaissait de plus en plus désespéré, désabusé, miné de l'intérieur par des pensées retorses et pernicieuses, si pernicieuses et aux effets si destructeurs qu'on se demanda à un moment si elles n'allaient pas le conduire au suicide. Le boulanger se contenta de dégénérer sur les plans physique et moral, devenant taciturne, ne se rasant plus, s'impliquant désormais d'une manière toute relative dans la fabrication des produits qu'il proposait à la vente, produits dont on commença à murmurer dans le village qu'ils sentaient le *moisi*. Ce qu'on observa par ailleurs, c'est le soin presque exclusif qu'il mit à l'amélioration des *éclairs au chocolat*, lesquels donnaient le sentiment d'être devenus la seule et unique chose qui continuât à l'intéresser. Il se mit à déployer autour d'eux une opiniâtreté de plus en plus neurasthénique, une énergie qui ressemblait à un transfert de rancœur, cette obsession semblait cristalliser tout son malheur, sa jalousie, son imaginaire enflammé d'époux trompé, supplanté par un autre homme que nul ne connaissait. Les *éclairs au chocolat* avaient pris et ne cessaient de prendre des proportions démesurées, proprement scandaleuses et choquantes. Il les gava d'une abondance intolérable de crème pâtissière qui s'écoulait mollement et d'une manière tout simplement pornographique et presque triste quand on les éventrait à la cuillère (on pensait immanquablement à la tristesse et aux sensibleries si masochistes du boulanger quand on voyait s'écouler la crème pâtissière dans son assiette) car il était devenu indélicat de les déguster à même les lèvres. Ceci fut accompli consciencieusement sans que le prix dudit produit fût augmenté d'un centime, cette surenchère entraînant par ailleurs la vétusté des autres pâtisseries, lesquelles sentaient le *moisi* d'une manière de moins en moins contestable. Un beau matin, le rideau ne se leva pas sur la vitrine du commerce.

Sans doute cette anecdote du rideau ne serait pas restée dans les mémoires si ce même jour Colette Flavy et ses deux enfants n'avaient trouvé la mort dans un dramatique accident de voiture sur la route de Châteauneuf. Colette Flavy accompagnait son fils aîné au *judo*. Un témoin a prétendu qu'il l'avait vue devant chez elle admonester sa progéniture, lui signifiant *qu'ils étaient déjà suffisamment en retard sans qu'ils éprouvent le besoin de se rouler dans la poussière*. Et c'est en trombe que Colette Flavy, au volant d'une Polo rouge, avait dévalé la rue principale du village. Était-il si essentiel que Christopher arrivât pile à l'heure à son cours de *judo* ? N'était-il pas indifférent qu'il ratât l'échauffement qui précède la séance de *judo* ? Il est toujours facile de refaire l'histoire et d'opposer à des enjeux après coup dérisoires les conséquences dramatiques qu'ils entraînèrent malgré eux. La Polo rouge de Colette Flavy heurta en plein virage, alors même qu'elle doublait un tracteur, l'intransigeance pour le moins inflexible d'un poids lourd des établissements Capelle. Les occupants sont morts tous les trois sur le coup, comme on a pu l'apprendre dès le lendemain dans le journal local, une photographie en couleurs publiée en première page exhibant ce qui restait de la petite automobile, un complexe coquillage de ferraille. Le paysan en est sorti indemne, ainsi que le chauffeur du poids lourd, dont l'article précisait que choqué, traumatisé par la mort des deux enfants, il bénéficiait d'un soutien psychologique intense dans un hôpital de la région.

Les routes de province sont meurtrières. Je ne prends jamais ma voiture, même pour une course banale, un déplacement modeste et mécanique, sans éprouver la sensation que ma vie est en jeu. Cette conscience-là que tout trajet est comparable dans ses implications possibles à une séance de roulette russe, et qu'il peut donc m'arriver à tout instant d'être anéantie, cette conscience-là et la terreur qui l'accompagne m'exhortent à la plus grande prudence. La mort qui rôde dans nos vies de mères de famille qui vont faire leurs courses au supermarché, qui accompagnent leurs enfants à la *danse* ou au *tennis*, ces déplacements périlleux sur de petites routes, la pluie, la nuit, le verglas, le brouillard, les sangliers, c'est quelque chose de primitif et de moyenâgeux qui continue de hanter les campagnes, une subsistance de sauvagerie. On y voit des mères de famille d'ordinaire disciplinées doubler dans les virages sous prétexte qu'elles les connaissent depuis toujours et qu'ils s'inscrivent dans le droit-fil de leur intimité, comme si cette connaissance et cette proximité liées à l'habitude, comme si ces liens qu'on pourrait dire sentimentaux et ancrés dans l'innocence de leur enfance pouvaient les protéger. Ce qu'elles oublient, c'est que la vérité de tout virage se compose d'une indiscutable proportion d'*invariant*, mais également d'une proportion non moins certaine et objective d'*aléatoire*. Elles oublient qu'elles ne sont nullement à l'abri, toutes régionales et intégrées qu'elles sont au paysage (une extension paisible et familière de leur lit, de leur salon, de leur jardin), qu'elles ne sont nullement à l'abri d'une donnée intempestive et grossière, en l'occurrence un semi-remorque inopportun et étranger à l'intimité de la famille, lequel n'étant pas un nounours met un terme définitif à l'accomplissement d'une existence bâclée et imprécise, paresseuse et mécanique, qu'il s'agisse des virages ou de la sexualité, des exigences intellectuelles ou amoureuses. Le téléfilm qu'elles ont vu la veille sur France 2 ne les incite nullement à une conduite platonicienne et délectable, esthétique et pleine de tact. Elles ont du repassage à faire qu'elles attaqueront devant la télé lorsqu'elles seront rentrées du *judo*, elles trépignent d'impatience derrière un tracteur lent, elles sont énervées, elles connaissent la route depuis l'enfance, elles n'ont jamais entendu parler des établissements Capelle, elles se tuent dans un virage de la route de Châteauneuf.

Et le père Mercier dans tout ça ? C'était lui qui avait vu Colette Flavy si énervée, qui avait vu la Polo rouge dévaler la grande rue du village. Il était donc celui qui détenait le triste privilège de les avoir approchés pour la dernière fois, privilège que le mari et père inconsolable des trois accidentés ne pouvait se résoudre à accorder à ce funeste individu. Funeste, maudit, de mauvais augure, peu à peu impliqué et presque *responsable*, c'est ainsi qu'il finit fatalement par apparaître à l'ensemble des villageois. On spéculait sur le fait qu'il s'était peut-être approché d'eux, qu'il leur avait peut-être parlé et procuré par ses paroles et des moqueries probables un surcroît d'énervement. Peut-être aussi sa détestable apparition d'agonisant, peut-être encore la tuyauterie et le pouvoir évocateur de l'épiderme leur avaient-ils inoculé un sentiment de mort qui avait travaillé l'imaginaire de Colette Flavy tandis qu'elle conduisait, auquel cas il était possible que cette amorce de rêverie, ce songe lugubre d'une mort possible ait exercé sur son esprit une attraction irrésistible — *Un peu comme le vertige, un peu comme quand on est attiré par le vide*, avait suggéré la secrétaire de mairie. Les plus ésotériques des villageois prétendaient qu'il leur avait porté malheur, qu'il leur avait jeté un sort, enrobé la Polo rouge d'un halo maléfique. Je pense plus simplement qu'on en voulait à ce vieillard de n'être pas mort à la place de Christopher et d'Abigail et de leur mère dans la fleur de l'âge. Je pense aussi que comme on ne l'avait jamais autant associé à la mort que depuis qu'il déambulait spectralement dans les rues du village, on ne manqua pas de lui associer le décès des Flavy. De quelque façon qu'on prît le problème, la figure mortifère et incommode du père Mercier était liée à la dislocation de la famille Flavy, impression que les plus cartésiens eurent d'autant plus de mal à juguler qu'il ne se donna même pas la peine d'emprunter pour quelque temps l'affliction qu'il est d'usage d'afficher en pareilles circonstances. Il n'adressa aucunes condoléances formelles au mari anéanti, se contenta de dérouler mécaniquement, sans la moindre émotion, le récit de la scène dont il avait été témoin, continua de déambuler avec férocité, de s'attarder avec un air provocateur dans les commerces, d'aborder ses *connaissances* avec cette insolence de miraculé qu'on lui connaissait — ce que fit observer lors d'une réunion informelle organisée au domicile des quincailliers le plus cartésien des villageois, un professeur de mathématiques.

À la prostration des débuts, à laquelle avaient succédé l'effarement et la gêne, un embarras et une défiance excusables de mortels, se substitua brutalement une franche hostilité, une détestation revendiquée, l'expression d'une infamie définitive attachée à sa personne, laquelle fut fuie, bannie, encerclée de précautions, mise en quarantaine en quelque sorte. On ne voulait prendre aucun risque et s'attirer par la fréquentation fortuite du père Mercier ce qui était advenu à la famille Flavy. Ce qui aggrava la perception qu'on en avait, c'est qu'il apparut bientôt que le départ précipité du boulanger et le décès des trois Flavy n'avaient été que les prémices d'une longue série inexplicable de calamités. Je ne vais pas m'attarder sur chacune d'entre elles mais me contenter d'établir la contiguïté de deux lignes parallèles que la population ne manqua pas de faire communiquer durablement, créant des connexions qu'elle investit d'un ensemble de significations imprudentes. C'est que le père Mercier alla bientôt beaucoup mieux.

On le voyait se déplacer avec une aisance qu'on ne lui avait pas connue depuis longtemps, l'épiderme récupéra quelques couleurs, l'œil vitreux s'éclaircit, il semblait reprendre des forces et avoir meilleur mental. Je ne dis pas qu'on assista à sa résurrection. L'état du père Mercier était trop compromis, hypothéqué de l'intérieur par d'opiniâtres détériorations d'organes, pour pouvoir être considéré comme réversible. Simplement il alla mieux, il le savait et le faisait savoir à la population par un entrain renouvelé, une fraîcheur rhétorique inédite, se lançant dans des discours d'une facture printanière, se décrivant comme un miraculé qui allait bientôt rajeunir et les enterrer tous. Quand on finit par lui signifier avec autorité (et avec même une certaine violence) qu'il vaudrait mieux qu'il se dispense de ce genre de propos victorieux, propos qui compte tenu des circonstances apparaissaient d'une indécence inacceptable (le boulanger le menaça de disloquer sa face putride de retraité nuisible s'il continuait de déverser dans le village sa malsaine bonne humeur du moment), il s'exécuta et se mit à fredonner la mélodie de la chanson *Tout va très bien madame la marquise* à chaque fois qu'il pénétrait dans un commerce ou croisait dans la rue l'une de ses *connaissances*. La bouche fermée, les joues gonflées, rythmant la mélodie avec sa tête, il imitait le son cuivré et sourd d'un cor de chasse et ranimant dans les esprits par ce moyen les paroles de la fameuse chanson, il suggérait qu'il allait bien (*madame la marquise*), il suggérait qu'en dépit des événements tout allait très bien tout allait très bien (*madame la marquise*), ceci avec une ironie qu'accentuaient les dissonances délibérées du cor de chasse, donnant le sentiment ô combien éronné qu'il se réjouissait du malheur des autres. Car cette rengaine instrumentale prit des accents particuliers quand il continua de la fredonner alors même que dans le village les événements catastrophiques se succédaient à un rythme aussi soutenu que dans ladite rengaine, si bien qu'on prit les récitals du père Mercier pour une provocation cette fois absolument inacceptable, d'une indécence proprement inhumaine. Fallait-il être maudit, nuisible, *coupable* en quelque sorte, fallait-il ne pas être directement *responsable* de ces calamités pour en sourire ainsi avec une insouciance si diabolique ?

Vous exagérez, tout de même, disais-je au père Mercier. *Vous ne vous rendez pas compte, ils s'imaginent que vous vous réjouissez de leurs malheurs ! Certains disent même que vous en êtes responsable ! Arrêtez donc de fredonner cet air provocateur, soyez raisonnable !* J'étais affolée par l'ampleur que commençait à prendre cet ostracisme haineux dont il était la cible, une cible dont je craignais qu'on pût la viser non plus seulement par des paroles, des calomnies, une mise à l'écart ostensible, mais bien par une atteinte à son physique et à ses biens — par une rafale de chevrotines, un chiffon mouillé d'essence, des granules de mort-aux-rats distribués à ses chèvres. Le père Mercier éludait les mises en garde que je lui prodiguais, semblant me dire par là qu'il connaissait ces gens depuis toujours, que son comportement s'inscrivait dans une pratique ancienne et codifiée dans laquelle il était inutile que j'intervinsse, comme si des contentieux et des rancœurs que j'ignorais soustendaient cette comédie outrancière qu'il interprétait. Voulait-il se venger d'être vieux, se venger sur ses semblables en bonne santé de ce qu'il fût malade et au seuil de la mort ? Voulait-il se venger de mentalités qui l'avaient toujours stigmatisé comme étant asocial, brutal, primaire, misanthrope, atypique et solitaire ? Son comportement recouvrait sans doute moins un véritable désir de nuire qu'un pur état d'esprit déconnecté des conséquences qu'il pourrait entraîner — hygiène mentale, défoulement salutaire, soif enfantine de liberté, affranchissement humoristique des lois sinistres qui conditionnent la vie sociale, lui qui n'avait plus rien à perdre et voulait profiter de ses dernières semaines de vie avec un appétit vorace de satiriste, ce que tendraient à confirmer les gestes de dérision qu'il m'opposait, qui relativisaient la portée et le sens véritable de ses comportements. Quelle que puisse être mon opinion sur les excès et sur le caractère quelque peu déplacé et d'une certaine manière inacceptable de ces derniers, je ne peux m'empêcher de penser que l'esprit villageois ne méritait pas moins que d'être nanti non seulement du noyau dont j'ai parlé tout à l'heure, un noyau d'anxiété essentielle et fertile, mais également d'un pitre iconoclaste de cette nature, Aristophane des campagnes, miroir moqueur et dénigrant qui renvoyait du village une image crue et véridique. Je le pense d'autant plus qu'un événement d'une gravité extrême intervenu peu après la mort accidentelle des trois Flavy est venu confirmer cette intuition que la localité méritait son père Mercier. Un matin, l'ancien boulanger a pris la peine de revenir et s'est immolé par le feu dans la boucherie, sous le regard de l'artisan et d'une partie non négligeable des villageois regroupés comme au spectacle derrière la vitre. Il les avait informés qu'il allait se suicider sous leurs yeux, qu'ils n'étaient tous que des salauds qui avaient su et qui n'avaient rien fait, qui avaient tous assisté avec délices comme des charognes à la débâcle de son foyer, qu'ils méritaient d'avoir sa mort sur la conscience tous autant qu'ils étaient, il pleurait, il hurlait, il avait bu, il leur en voulait de quelque chose d'impalpable qu'il avait saisi. Exactement comme le père Mercier ? Suivi par le cortège des villageois, muni d'un jerrican, il pénétra dans la boucherie, s'adressa au couple de commerçants (qu'il jalousait de résister ainsi avec placidité aux vicissitudes de l'existence), regarda droit dans les yeux la bouchère (il avait rêvé de former avec sa boulangère un couple rentable et souriant semblable à celui-ci), s'aspergea d'essence, la commerçante cria *Mon dieu ! mon dieu !* en plaquant ses deux mains sur ses yeux, le commerçant s'était muni par pur réflexe d'un long couteau effilé inutile en la circonstance, l'ancien boulanger hurla alors des adieux retentissants à la communauté des hommes, craqua une allumette, alluma son anorak imprégné d'essence et flamba, flamba comme eût flambé un épouvantail à moineaux, totalement immobile, indifférent à la douleur, sans un son, sans un geste, stoïque et courageux. Il s'écroula en flammes sur le carrelage de la boucherie, tirant les commerçants de la torpeur tout hypnotique qui les avait saisis à voir brûler immobilement et d'une manière si irréelle et fantastique leur ancien collègue et voisin, lesquels l'arrosèrent d'eau avec de petites cruches Ricard récupérées dans la cuisine, faisant fumer abondamment les acryliques du corps en flammes sans que le feu consentît à disparaître ni à cesser son lent travail de carbonisation.

La santé du père Mercier s'améliorait de jour en jour. L'impression qu'il avait donnée pendant six mois d'être un agonisant nuisible à l'insouciance des villageois et à leur quête constante de vacuité philosophique ne fut bientôt qu'un épineux souvenir, surtout lorsqu'un matin on constata qu'il s'était débarrassé de son appareillage, qu'il était vierge de tout tuyau, de tout pansement et bande de gaze, vêtu comme autrefois d'un bleu de travail, chaussé de bottes en caoutchouc. Le hasard voulut que cette métamorphose se produisît le lendemain d'un nouveau drame. Cette regrettable concomitance ne manqua pas d'attirer sur sa personne un regain d'indignation et de colère, de pure révolte, d'autant plus qu'il ne manifesta aucune tristesse particulière à l'endroit de ce tragique événement — un conflit de mitoyenneté qui avait dégénéré en double meurtre. Victime des désordres psychologiques étendus qui s'étaient établis insidieusement depuis l'immolation du boulanger, la bouchère fut admise dans le service psychiatrique d'un hôpital de la région. Dès lors, le conjoint humilié interdit l'accès de son commerce au père Mercier, celui-ci s'étant vu prodiguer cette recommandation avec la clarté de discours d'une lame de couteau. Dans les mois qui suivirent, et alors même que s'accomplissait ce qu'il a été convenu de considérer depuis comme une malédiction, malédiction ponctuée de décès, de vols, d'accidents, de fausses couches, de catastrophes naturelles (la canicule extermina une demi-douzaine de vieillards), on observa une amélioration constante et scandaleuse de la santé du père Mercier, amélioration que semblait renforcer, que semblait pérenniser et galvaniser chacune des catastrophes qui survenaient dans la commune. Alors que dans leur crainte d'être à leur tour marqués ou amoindris par une nouvelle calamité les villageois se flétrissaient, perdaient sommeil et appétit, s'épuisaient à commenter les événements, spéculations qui grossissaient jusqu'à des proportions démesurées les menaces qui pesaient sur le village, le père Mercier se dilatait, le père Mercier continuait de rire et de déambuler de par les rues, le père Mercier continuait de dénigrer et de claironner dans les commerces la partition instrumentale de *Tout va très bien madame la marquise*, son état se consolidant à un niveau qui l'autorisait à penser qu'il pourrait vivre ainsi plusieurs années — comme ces vieillards délabrés qui donnent le sentiment d'avoir été tout bonnement oubliés, abandonnés aussi bien par la luxuriance que par la maladie et ses nuisances.

Comment le père Mercier et en vertu de quel privilège immoral et quelque peu surnaturel à lui seul octroyé osait-il prospérer de cette manière ? C'est alors qu'il eut la révoltante outrecuidance de gagner au Loto une somme considérable. C'étaient les numéros trois, huit, quatorze, vingt-six, vingt-huit, trente-quatre, trente-sept, qu'il jouait invariablement chaque semaine depuis des décennies, cette martingale impénétrable lui ayant rapporté cette fois-là un peu moins de huit cent mille euros. Comme on peut l'imaginer sans mal, cet ultime contre-pied à la conjoncture locale porta à la population un coup définitif qui la laissa exsangue, dans un état d'écœurement indescriptible. Un mois plus tôt, une délégation de fanatiques conduite par l'institutrice à la retraite lui avait déjà signifié que sa présence dans les rues du centre lui était désormais formellement *déconseillée*, pour ne pas dire *interdite*, ce qui n'avait pas empêché le père Mercier de hasarder de temps à autre quelque incursion provocatrice et musicale jusqu'à l'église ou chez le buraliste, sous le regard réprobateur de ceux qui le croisaient. La même délégation mais augmentée des plus aigris lui signifia cette fois avec une détermination accrue et peu prolixe *qu'ils ne voulaient tout simplement plus entendre parler de lui*, puisque aussi bien désormais il pouvait se rendre acquéreur d'un *château*, d'un *manoir*, d'une coquette *villa rose* ou d'une *maison de retraite tout entière* s'il le souhaitait, dans n'importe quelle région française, dans n'importe quel pays du globe. Le maire lui-même, qui craignait pour la sécurité du vieillard, car à présent il n'était plus en mesure de juguler les énergies nocives de ses administrés, lui fit comprendre qu'il vallait mieux obtempérer aux exigences de ces derniers, pour son bien-être à lui et leur tranquillité. Le père Mercier accueillit ce judicieux conseil avec un calme et un sourire réconcilié qu'on ne lui avait jamais connus, ce que le maire se fit fort de faire savoir à la communauté. Le funeste vieillard consentirait-il à s'envoler loin d'ici avec ses ondes vicieuses, ses intentions fétides ? Avec mon aide et grâce à Internet, il s'attela à cet envol tant espéré, tant attendu, me confiant à mon grand étonnement qu'il avait toujours rêvé de connaître la Côte d'Azur, Nice en particulier, ce seul nom de Nice ayant toujours éveillé chez cet ancien agriculteur des images qui le faisaient rêver. Je reçois de lui deux fois par an une carte postale de la Promenade des Anglais où il se contente d'écrire, dans une graphie anachronique et tremblotante, avec une maladresse d'enfant, *Tout va très bien madame la marquise*, suivi de son paraphe et d'un sourire. Pour mon anniversaire et pour Noël.

Un citoyen ordinaire

Yves Simon

Herbert n'était pas d'un naturel optimiste. Aussi lorsqu'il reçut une lettre signée de la main même du préfet de police lui demandant de se rendre le lundi suivant au boulevard du Palais pour *affaire le concernant*, il se demanda toute la journée ce qui pouvait motiver une telle missive. Une convocation, sans explication. Nous étions vendredi. Allait-il devoir subir tout un week-end les questions qu'il ne manquerait pas de se poser au sujet de l'étrange convocation ? Il n'avait perdu ni ses papiers ni ses cartes de crédit, sa carte d'identité n'était pas périmée, il n'avait déposé aucune plainte, son chien, à sa connaissance, n'avait mordu personne et de plus, Herbert se munissait à chacune de leurs sorties en ville de petits sachets de plastique pour ramasser ses excréments qu'il jetait dans la première poubelle venue. Il avait en horreur la saleté des trottoirs de Paris que les déjections canines avilissaient. « On a la chance d'habiter la capitale la plus visitée du monde et ses habitants n'en tiennent aucun compte, comme s'ils s'en moquaient », aimait-il à pérorer au comptoir du café Danton, près de l'Odéon, là où il avait ses habitudes. D'ailleurs Herbert était un homme d'habitudes et d'ordre. Levé chaque matin à sept heures pour aller prendre son travail de libraire, il ne trichait pas avec les impôts et trouvait minable ce petit jeu du contribuable qui consiste à grignoter quelques euros par-ci par-là au détriment de la communauté. Herbert, tout à la lettre qu'il venait de trouver dans son courrier, revisita ses derniers déplacements automobiles : avait-il stationné dans un endroit prohibé, lui qui veillait à ne jamais déposer sa voiture sur un passage clouté, ne se garait pas en double file, n'empruntait jamais, même pressé, le couloir des taxis ? Une appréhension soudaine : et s'il avait effectué un dépassement de vitesse lors de son dernier voyage à Deauville ? Pourtant, là-dessus aussi, il était ferme et vigilant, jamais plus de 130 km/h sur l'autoroute, 50 à la bretelle de sortie au village de Canapville que surveillaient souvent les radars de la gendarmerie départementale. Ce n'était en aucune manière la peur du gendarme obséquieux qui le faisait ainsi ralentir, mais le simple respect des villageois qui n'avaient en aucune sorte à subir la vitesse excessive des Parisiens pressés de retrouver la mer. Herbert n'avait pas d'enfant, n'était pas marié et rien donc ne pouvait venir de ce côté-là, d'un écart familial dont il se trouverait ignorant et donc parfaitement irresponsable.

Il passa une affreuse nuit. Ses rêves se teintèrent d'interrogatoires, de reproches proférés à haute voix par un préfet habillé d'une robe noire de juge, avec hermine blanche sous le col, qui lui infligeait une immédiate mise aux arrêts, lui l'innocent qui respectait son prochain et la cité comme le lui avaient inculqué ses parents instituteurs, vieux adhérents de la SFIO, militants fervents, aujourd'hui disparus et qui n'avaient jamais lésiné sur leur temps de repos à distribuer le dimanche, sur les marchés, les tracts de leurs convictions. C'est dans ce respect d'autrui, de la vie en société que son éducation, jugée par certains un tantinet désuète, avait été façonnée. De cela il était fier et arborait volontiers en public son goût pour l'harmonie d'une société qu'il trouvait pervertie par la désinvolture et par un individualisme exacerbé qu'il jugeait malsains, voire dangereux. Que pouvait-on reprocher à l'humble libraire qu'il était, soucieux de la propagation de la culture parmi ses concitoyens, les plus jeunes en particulier, qu'il parvenait après force persuasion à convaincre d'acheter un roman de Kundera, de Coetzee, ou de Proust, le tome le plus facile : *Un amour de Swann*. À chaque fois qu'il parvenait à ses fins, il en ressentait une joie indicible, un bien-être rassurant comme si sa place dans le monde en était ainsi justifiée.

Au café Danton, le samedi matin, comme à son habitude Herbert prit son petit crème sans mousse au comptoir et retrouva un de ses collègues de la librairie Gibert Jeune située à côté, de repos comme lui ce jour-là. Il lui confia ses tourments de la nuit, son souci même d'avoir failli, peut-être à son insu, aux règles civiques minimales qu'il s'imposait au quotidien et qui, pour lui, étaient son *vade-mecum* ordinaire puisque une telle souciance allait de soi. « Peut-être as-tu été témoin d'un accident, as-tu été soumis à un chantage, dit le collègue.

— Jamais de la vie !

— Excuse-moi, j'improvise des éventualités.... Peut-être as-tu émis un chèque sans provision...

— Non plus, rétorqua Herbert, d'ailleurs, ce serait la banque qui m'aurait écrit et je tiens mes comptes en règle pour chaque transaction. »

Les deux amis se séparèrent après avoir déjeuné d'un poulet campagnard garni de pommes de terre sautées et accompagné d'un bourgogne rouge 2000 qu'appréciait particulièrement Herbert.

Le dimanche matin, il se trouva à cran au moment de se brosser les dents. Il avait eu une nuit plus paisible que la précédente. Rêves sans importance : le juge préfet de police en fut absent, mais Herbert se retrouva soudain aux prises avec deux inspecteurs vêtus d'imperméables mastic, selon la fantasmagorie traditionnelle, venus chez lui et qui vidaient ses dossiers à même la moquette, fouillaient ses déclarations de revenus, épluchaient son courrier, même le plus intime, ses fiches de paye, son carnet d'adresses, son agenda, comme s'il devait s'y trouver un mystère dissimulé, ou un quelconque secret dont lui-même aurait tout ignoré. En réalité, c'est une deuxième nuit de sueurs qu'il dut subir, de perles glacées coulant le long du cou jusqu'à inonder son T-shirt. Et même les rebords de la couette. Malgré l'imaginaire qui l'avait une fois encore investi, la sueur était bien réelle, comme ses sourcils aux plis restés froncés jusqu'au matin, comme les apnées répétées au milieu de respirations saccadées. Au matin, il se demanda s'il avait vraiment rêvé ou si une brigade financière n'était pas intervenue pendant sa somnolence, maîtresse de tout, de son intimité, de sa vie, de sa nuit. Herbert avait hâte d'être à lundi neuf heures, confronté à la convocation du préfet de police de Paris. Tout le dimanche il revisita d'autres exactions possibles, bénignes selon lui, comme d'avoir répondu abruptement à la remarque d'un serveur de restaurant la semaine précédente au sujet de pâtes trop cuites et non *al dente*, comme il les aurait souhaitées. Bénin, n'est-ce pas ? Il se vit encore vouloir aider une jeune aveugle à traverser le boulevard Saint-Germain qui l'envoya promener au seul titre qu'il sentait un after-shave qui lui donnait la nausée. Aurait-elle porté plainte pour incompatibilité olfactive ? Il y a peu, il avait payé le journal *Libération* avec une pièce d'un euro et une autre de dix centimes sans s'apercevoir de sa bévue. Il avait aussitôt quitté le kiosque alors que le marchand de journaux le rattrapait au feu rouge pour lui réclamer les dix centimes manquant. Herbert ne pouvait imaginer que le jeune homme ait pu déposer un dossier à son sujet…

Le dimanche se passa ainsi en interrogations sur des détails de son existence, là où il avait péché plus par distraction ou par le mauvais choix d'un parfum de corps que par volonté affichée de nuire à autrui. Avant d'entamer sa dernière nuit, il se rappela qu'il avait toujours sur lui des pièces de un euro pour les donner à la quantité de mendiants et sans-abris qui tendaient la main au bord des trottoirs. Ayant fait défiler en pensée divers moments de sa vie récente, Herbert se sentit innocent. Ou quasiment. Qui peut jamais être certain de ces choses-là ? Même s'il n'aurait jamais eu la suffisance de se prendre comme modèle et par-delà, exemplaire, il avait beau chercher, il ne trouvait nulle faille à son existence modeste et toute de rigueur qui pût attirer les foudres d'une préfecture de police.

Le lundi matin arriva enfin. À tout hasard, il ne s'aspergea pas d'after-shave, noua une cravate sobre sur une chemise blanche aux cols et poignets amidonnés, enfila un costume bleu nuit, élégant et discret, plaqua ses cheveux en arrière, remplit sa poche de pièces de un euro au cas où, vérifia qu'il avait pris ses papiers d'identité, se munit d'une facture de loyer, une autre d'électricité, prit son passeport à lecture optique pour montrer, si besoin en était, qu'il se soumettait aux nouvelles règles internationales, il posa sur sa langue une lamelle mentholée pour qu'aucune équivoque sur une haleine douteuse ne puisse être invoquée, brossa ses sourcils, rectifia les oublis du rasoir électrique par quelques va-et-vient d'un rasoir à main à la hauteur du cou, chaussa ses boots en cuir cirées dès huit heures et *polishées* avec un tissu feutre, enfila son manteau sombre d'hiver sans en relever le col. Il se regarda dans une glace murale. Herbert était prêt pour affronter la vindicte policière et ses soupçons.

Arrivé aux abords de la guérite préfectorale, il consulta sa montre, s'aperçut qu'il était en avance de quinze minutes et décida de boire un expresso à la brasserie d'à côté. Il se rappela la pastille mentholée et commanda finalement un *Perrier* pour ne pas compromettre son haleine avec de la caféine. À neuf heures moins cinq Herbert sortit sa convocation sous le nez du planton et fut accompagné par un gendarme jusqu'au salon d'attente du préfet. Pour être tout à fait franc, il n'en menait pas large et il ne se trouva aucun courage pour faire semblant de s'intéresser aux revues étalées sur une table basse en verre pas plus qu'aux exemplaires du *Journal officiel* de ces derniers jours. À neuf heures cinq, un huissier tout de noir vêtu et portant une large chaîne d'argent sur les hanches vint lui dire que Monsieur le Préfet l'attendait dans son bureau. Herbert ressentit une décharge d'adrénaline lui traverser tout le corps, il avala sa salive et s'acharna à respirer lentement, calmement, alors qu'il suivait dans un couloir sombre l'homme en noir. Que va-t-il m'arriver, se demanda-t-il, ma vie dans un instant va-t-elle basculer vers l'opprobre, vers des soubresauts intempestifs dont je ne me remettrai pas ? Il pensa qu'il aurait dû prendre un anxiolytique pour apaiser son corps et son esprit.

Le préfet se leva tout sourire de derrière son bureau pour venir à sa rencontre et le saluer lorsque la double porte capitonnée fut refermée. « Je suis content de vous connaître, asseyez-vous, je vous en prie. » Un fauteuil de cuir noir clouté de doré se trouvait devant un large bureau sur lequel étaient posées un grand nombre de médailles lourdes comme Herbert en avait vu exposées dans les vitrines de l'Hôtel des monnaies. Celles-ci étaient, de plus, patinées et d'un cuivré vieilli qui était du plus bel effet. « Ce sont mes pense-bêtes, dit le préfet, sous chacune d'elle il y a une urgence : mes notes de travail pour la journée. »

Lorsque le préfet se fut assis et Herbert après lui, l'homme à la boutonnière ornée d'un minuscule ruban rouge souleva une des pièces du bureau et lut le post-it qui y était collé : « M. Herbert Merleau, lundi, 9 heures. » Il froissa le morceau de papier, l'envoya dans une corbeille et s'amusa à faire rouler la pièce dans ses mains. « Vous devez vous demander ce que vous faites là, n'est-ce pas, Herbert ? Vous permettez que je vous appelle par votre prénom ?... » Décontenancé, Herbert fit un signe de la tête. « Figurez-vous que depuis que je suis entré en fonction, je me suis assigné comme tâche, entre autres, de redorer le blason de la police, qu'elle représente auprès de nos concitoyens autre chose que l'éternelle image répressive, maniant le bâton et le gaz lacrymogène. La police, je vous l'affirme, sait aussi repérer le Bien, Herbert, et elle n'en dit jamais rien. Aujourd'hui, je veux qu'elle parle ! »

Herbert se demanda où le préfet voulait en venir. Comme toujours, se dit-il, au début on est tout sucre puis va survenir le hic, la pierre d'achoppement où le préfet ne va plus l'appeler Herbert et va changer son ton miel. Il n'en fut rien. « Voilà, en deux mots, notre affaire, continua l'homme, en accord avec mon ministre de tutelle et en collaboration avec la Mairie de Paris, j'ai eu l'idée de récompenser, disons, un art de vivre tombé en désuétude, je veux parler des civilités du quotidien, l'amabilité, la serviabilité, de celles qui déstressent et donnent goût à une vie urbaine par ailleurs harassante et criminogène : mettre en valeur ceux qui observent les règles élémentaires de la courtoisie, que ce soit dans le métropolitain, les axes rouges, les magasins, les cafés, les squares publics… Herbert, je vous annonce officiellement que vous faites partie des dix premiers citoyens de la ville de Paris à vous être ainsi distingué par un civisme sans faille : aucune contravention routière en dix ans, nul excès de vitesse, aucune infraction au stationnement, contributions directes payées en heure et en temps, aucune suspicion fiscale déclarée, votre chien, comment s'appelle-t-il déjà ?... ah oui, Zappa, fut toujours promené en laisse et observa rigoureusement le caniveau, dans les autobus, les rames de métro, vous donnez immanquablement votre place aux femmes âgées, enceintes, vous n'allumez vos cigarettes que dans les espaces fumeurs des cafés… Bref, vous savez tout cela mieux que moi, cher Herbert… Pour votre conduite exemplaire en temps de paix, le maire lui-même, au cours d'une cérémonie officielle à l'Hôtel de Ville, vous remettra votre toute nouvelle distinction : une médaille de vermeil, de la dimension d'une de celles-ci (il désigna les médailles posées sur le bureau) frappée par les Monnaies et aux armes de la ville : *fluctuat nec mergitur.* Au verso votre nom y sera gravé et désigné comme *Citoyen d'honneur de la Ville de Paris.* »

Herbert en fut bouche bée. Estomaqué serait encore plus exact. Il bredouilla un merci monsieur le préfet, sentit des larmes venir au coin de ses paupières lorsqu'il songea à ses parents. Ils étaient là près de lui, dans son cœur. Il fit un effort afin que ses nerfs ne le lâchent pas et qu'il n'offre pas platement au préfet le spectacle d'un homme anéanti par la gratification qu'il recevait. Il lui fallait rester digne de l'honneur qui lui était fait ! Ainsi moi, se dit-il, la gorge serrée, humble libraire du quartier Latin, la République française m'a repéré dans le flux des millions d'anonymes et elle m'honore pour m'être, somme toute, conduit comme devrait se conduire chaque citoyen ordinaire.

C'est une fois dans la rue qu'Herbert se rendit compte de ce qui venait de se produire. Une récompense ! Soudain, il se demanda comment la police savait autant de choses sur lui. Mais il ne voulut pas assombrir la douce félicité qui l'habitait et il passa outre cette passagère sensation. La température était douce, il allait retrouver son travail à la librairie. Que d'émotions à raconter aux collègues, lui à qui il n'arrivait jamais rien ! Il voulut que dure encore son plaisir, en jouir, et il décida de s'offrir un *Jameson*, son whisky favori, à la brasserie jouxtant la préfecture. Herbert l'exigea sans glace, il aimait sentir dans sa gorge l'amertume de l'alcool à température. Un écart pour une matinée hors de l'ordinaire, cela doit être autorisé, non ?

La victoire de Waterloo

Louis Belle

La bataille faisait rage. Les obus prussiens pleuvaient de toutes parts. Les Français tenaient bon, sous le choc des coalisés, mais probablement plus pour longtemps. Le soleil était radieux, en ce beau mois de juin. Pour la énième fois, l'Empereur ajusta sa lunette et scruta l'horizon du côté du soleil couchant. Il jurait entre ses dents. Seul son aide de camp l'entendit marmonner : « Si Grouchy n'arrive pas maintenant, je suis fichu. Hâte-toi, Grouchy, hâte-toi. Et toi, dieu des batailles qui m'a soutenu depuis vingt ans, à Marengo, à Austerlitz, à Wagram, à la Moskova, ne m'abandonne pas aujourd'hui. Pas aujourd'hui. Je sais, je t'ai beaucoup sollicité. J'essaierai de ne plus le faire à l'avenir. Mais aujourd'hui, j'ai besoin de toi. Allez, Grouchy, arrive, animal, et la victoire est à nous. »

Un nuage de poussière apparaît au loin, illuminé de pourpre par les rayons du soleil déclinant. C'est Grouchy, enfin ! Non, c'est Blücher. On voit très mal, avec ce soleil dans les yeux. Le nuage se rapproche. Il avance plus vite maintenant. On commence à distinguer les couleurs des uniformes. Oui, oui, oui, c'est bien Grouchy. Ah !

Grouchy, je te couvrirai de gloire et de présents. Allons, maintenant, finissons la besogne, et inscrivons Waterloo au registre des batailles qui ont fait l'orgueil des armées françaises.

Les Prussiens, démoralisés par la probable défaite — ou défection — de Blücher, se débandent. Sentant la victoire au bout de leurs piques et de leurs mousquets, les Français repartent à l'assaut avec une vigueur renouvelée. Allons, l'année passée à l'île d'Elbe ne lui a pas trop gâté la main, au petit tondu. Il a pris un peu de brioche, peut-être, mais sur un champ de bataille, il n'y en a pas deux comme lui.

Les Anglais, opiniâtrement, résistent encore. Les troupes fraîches de Grouchy, les prenant à revers, les taillent en pièces. Dans le crépuscule qui s'étend désormais sur l'immense champ de bataille, traversé de clameurs, secoué par le fracas de la mitraille, un dernier carré de bonnets rouges tient bon face à la cavalerie française. « Pourquoi font-ils cela ? dit l'Empereur. Ils n'ont aucune chance et ils le savent. Je n'aime pas voir massacrer pour rien d'aussi magnifiques soldats. Qu'on leur offre la vie sauve s'ils se rendent. »

« Halte au feu ! » ordonne le général Espinasse, et dans le silence revenu, se tournant vers les Anglais : « Rendez-vous, leur crie-t-il, et vous aurez la vie sauve, par ordre de l'Empereur ! » Une minute de flottement semble se produire dans les rangs anglais, puis un cri s'élève, poussé d'une voix mâle : « *Shit !* »

« Que disent-ils ? demande Napoléon, qui n'a jamais été très porté sur les langues étrangères.

— Je crois qu'ils refusent de se rendre, Sire, répond son aide de camp.

— Les imbéciles, grommelle Napoléon. Ils se feront hacher jusqu'au dernier. C'est stupide et vain. Moi, je n'ai jamais fait donner la garde. La guerre, c'est comme l'arithmétique. Il faut que cela tombe juste. Belle journée, Cambronne.

— Une journée magnifique, Sire, répond l'interpellé. Jamais depuis Austerlitz, votre Majesté n'avait remporté une victoire aussi totale et définitive. L'Europe n'osera plus se frotter à vous, Sire.

— Vous croyez à la sagesse des nations, Cambronne, et moi je crois à l'inconstance des peuples et à la vanité des rois. L'Europe est sans doute muselée pour quelque temps. Mais elle cherchera une revanche si j'ai la sottise de lui en offrir l'occasion. C'est à moi de ne pas lui donner de prétexte. J'y veillerai. Je suis fatigué de la guerre, et la France l'est encore plus que moi. Je vais offrir à l'Europe une ère de paix durable. »

Durant les quelques mois de repos forcé que l'Angleterre lui avait offerts à l'île d'Elbe, l'Empereur avait beaucoup lu et beaucoup réfléchi. Il en était arrivé à trois conclusions :

a) les Monarques ne le laisseraient jamais en paix tant qu'ils verraient en lui une menace pour les régimes monarchiques,

b) repue de carnages héroïques, la France aspirait à la paix. La dynastie napoléonienne ne se consoliderait pas dans la guerre,

c) gagner ou perdre une province en Europe était devenu un enjeu dérisoire alors qu'il y avait dans le vaste monde des continents à conquérir.

La victoire de Waterloo, large, écrasante, incontestable, redonnait à Napoléon les mains libres en Europe. « Amiens, dit-il à Talleyrand, à nouveau rallié à lui après le 18 juin, Amiens ne nous a pas donné la paix que j'avais espérée. Voyons si Waterloo pourra nous la garantir. Ne vous lassez pas de dire et de répéter aux ministres des puissances que la France, pour faire la paix, est prête à consentir des sacrifices considérables. Je renonce à la rive gauche du Rhin, je renonce à toutes les conquêtes révolutionnaires. Tout ce que Waterloo me permet de prendre, non seulement je ne le prends pas, mais je restitue volontairement le reste. Moi seul puis arrêter la Révolution aux frontières de 1789. Les Bourbons n'ont plus aucune chance de rétablir leurs affaires. Les Français n'en veulent plus. Sinon, ils ne m'auraient pas laissé rentrer et reprendre le pouvoir aussi facilement. Quant à Louis XVIII, après l'intermède tragicomique de son essai de restauration, qu'on me laisse quelque temps pour apaiser les esprits en France et je lui offrirai de rentrer dans son pays la tête haute, plutôt que de continuer d'errer en exil d'une cour européenne à une autre. Vous pouvez dès à présent le laisser entendre à vos amis à Gand.

« Les puissances n'ont pas le choix. Si on ne me laisse pas faire, la France peut redevenir un danger pour les trônes. L'esprit jacobin n'est pas mort. Et je suis le seul, moi, enfant de la Révolution, à pouvoir le dompter. Allez, monsieur, partez pour Strasbourg et faites-nous du bon travail. »

Signé le 6 novembre 1815 à Strasbourg — Napoléon avait choisi symboliquement cette ville pour bien signifier qu'elle marquait le terme des ambitions territoriales de la France —, le traité ouvrit une longue ère de paix en Europe.

En dépit du pacte solennel qu'ils avaient signé, les princes reportèrent à plus tard leur engagement d'en finir une fois pour toutes avec l'ogre corse. Waterloo les avait comme assommés. Leurs peuples étaient fatigués des privations engendrées par un trop long effort de guerre. Et puis, Louis XVIII s'étant éteint tranquillement à Gand au milieu de l'hiver 1815-1816, ils se sentaient un peu déliés du soutien qu'ils lui avaient promis. Quant à son frère, le comte d'Artois, long chevalier à la triste figure et à la suffisance horripilante, personne n'avait trop envie de lui faire la courte échelle.

On connaît la suite. Dans la seconde phase de l'Empire, Napoléon s'attacha avant tout à renforcer la marine et à encourager la natalité française. Aux quatre coins de l'univers, la marine impériale prenait d'assaut de vastes territoires, que le surplus de population française venait ensuite coloniser. Dès 1835, le nombre des immigrants de souche française en Amérique du Nord excédait celui des colons de langue anglaise. Coincée entre la Louisiane, rachetée par l'Empereur en 1817, et le Québec francophone, la fédération des États-Unis subissait de plus en plus l'influence française, à l'exception d'une petite enclave anglophone dans la Nouvelle-Angleterre, autour de Boston. Aux Indes, s'appuyant sur les raids de corsaires basés à l'île Maurice, redevenue l'île de France, l'Empereur évinça définitivement les Britanniques par le traité de Pondichéry (1838). L'année suivante, Mahé de La Bourdonnais prenait possession de l'Australie au nom de l'Empereur et créait sa future capitale, la Nouvelle Sète. En Afrique, les territoires français ne cessaient de s'étendre. Quand l'Empereur s'éteignit à soixante-quatorze ans en 1843, le drapeau français était le plus répandu à la surface de la planète.

Napoléon II continua l'œuvre de son père, tout en neutralisant par des réformes libérales les Jacobins qui avaient tenté de redresser la tête dans les dernières années du règne de son père. Couronné roi des Indes en 1866, il paracheva la mise en place de l'hégémonie française en terre africaine : l'Égypte se soumit définitivement en 1871 et fut amalgamée au reste de l'Afrique du Nord française. Il développa le rayonnement des comptoirs français en Chine et, au prix d'une longue guerre, réussit à établir sa domination sur l'Afrique australe. On ne comptait plus à la surface de la planète le nombre des Port-Napoléon, lacs Napoléon, Nouvelle-Ajaccio et autres Nouvelle-France. Le français était devenu la langue internationale par excellence, non plus seulement pour la diplomatie et les arts, mais aussi pour le commerce, l'industrie, les sciences et les technologies, la recherche nucléaire, l'informatique…

« Et voilà pourquoi, mes enfants, disait Mrs Harrison à ses deux fripons de collégiens, en ce doux mois de mai 2001, il est indispensable que vous partiez cet été dans une famille française pour perfectionner l'étude de cette langue. Sans le français, il est impossible de survivre dans le monde moderne.

— Quelle barbe, ronchonna Humphrey. Ah ! si seulement on avait gagné à Waterloo !

— Pour cela mes enfants, il aurait fallu que Blücher arrive plus tôt que Grouchy. On peut toujours rêver… »

Le bonnet

Jean-Marie Laclavetine

— Ne me dis pas que tu y es allé dans cette tenue, dit Frédéric. Ne me dis pas que tu y es allé comme ça.

Jean-Louis jette son bonnet en laine en direction de la patère, qu'il rate.

— Quoi, comme ça ?

Il contemple son bonnet sur le plancher, un tas de laine qui a absorbé des litres de transpiration depuis sa création vingt ou trente ans plus tôt. C'est lui qui a fait ça, avec ses mains, mais oui, quand il vivait avec Hélène et quelques amis du côté d'Aubenas. L'objet a dû être lavé une ou deux fois depuis.

Jean-Louis se dirige vers le réfrigérateur, prend une boîte de bière.

Frédéric ouvre la bouche, mais aucun mot ne sort : toujours la même chose, toujours ce soupir rentré, cette envie de crier et en même temps cette envie de dormir, d'être loin. Plusieurs secondes les yeux fermés, puis Frédéric se libère de l'invisible chape qui le maintenait immobile, va dans la chambre attenante.

L'appartement n'est pas grand. La pièce principale mérite moins le nom de salon depuis qu'elle a été réquisitionnée par Jean-Louis, dès son arrivée, trois mois plus tôt. Il occupe le canapé-lit, ses affaires colonisent les sièges, les étagères de la bibliothèque. Une paire de sandales en cuir épais, semelles en pneu — autre de ses créations —, trône sur la télévision. Des cendriers improvisés et des canettes vides animent le paysage, ainsi que quelques cahiers couverts d'annotations précieuses et de dessins énigmatiques. Jean-Louis fomente une œuvre majuscule, qui le moment venu illuminera le siècle. Il serait temps : mine de rien, nous allons vers nos cinquante-cinq ans.

La cuisine est trop petite pour y prendre les repas. La plupart du temps, on pose les assiettes sur le bar à l'américaine équipé de grands tabourets, qui la sépare du salon. On peut aussi utiliser la table basse, mais depuis trois mois elle est en général trop encombrée : l'artiste a besoin d'espace.

L'autre pièce c'est la chambre, dans laquelle Frédéric a transféré son bureau, naguère situé dans un coin du salon. Le transfert a été facilité par le départ de Lola, qui un beau matin a demandé à son compagnon, à son presque mari, de choisir entre elle et le vieux squatter. Elle n'a pas obtenu de réponse assez claire, sans doute, c'est pourquoi elle a fait ce que Frédéric pensait qu'elle ne ferait jamais : son sac. Elle a quitté l'appartement, Lola, sans claquer la porte mais non sans avoir donné un coup de pied dans la guitare de Jean-Louis qui traînait à portée. Tous les jours, Frédéric l'appelle sur son portable. Je t'en prie, Lola, essaie de comprendre. Il n'a nulle part, écoute-moi Lola, il n'a nulle part où aller… Mais elle n'en démord pas, les femmes parfois sont ainsi, opiniâtres ou sèches de cœur.

— Quoi, comme ça ? répète Jean-Louis, appuyé contre le chambranle.

Frédéric ne lève pas le nez du dossier sur lequel il travaille. Les commandes des clients, le planning de la semaine, cinq ou six entreprises par jour, deux mille kilomètres par semaine, des heures carrées passées dans la voiture sur des bretelles de périphériques, à travers des faubourgs laminés par des nuages bas et opaques, pour revenir le soir fourbu, affamé, et retrouver Jean-Louis qui n'a pas préparé le repas, qui n'a rien fait de sa journée, qui a raté un entretien d'embauche, s'est pris de bec avec un agent immobilier prêt à lui extorquer une somme scandaleuse pour une misérable chambre où il n'aurait même pas pu faire ses exercices de guitare — Jean-Louis éternellement révolté contre un monde qui ne le mérite pas. Un enfant de cinquante-cinq ans dont les mains commencent à trembler et qui perd ses cheveux.

— Tu voudrais peut-être que je mette une cravate. C'est ça que tu veux. Que je fasse le guignol. Que je me prostitue.

Frédéric met ses mains à plat sur le bureau. Il ne regarde pas Jean-Louis, inspire profondément. Heureusement, pendant ses études à l'école de commerce, il a pris des cours de relaxation et de contrôle de soi.

— Laisse-moi travailler, tu veux ? répond-il avec un calme qui le surprend lui-même. Je n'ai pas le temps de discuter.

Jean-Louis hausse les épaules, boit une gorgée de bière et retourne au salon.

Quelques minutes plus tard, le son aigrelet des cordes pincées fait sursauter Frédéric, qui bondit de sa chaise.

— S'il te plaît. Pas *Jeux interdits.*

L'artiste pose son instrument. Son regard est dur, on le sent prêt à l'affrontement. Cette scène, Frédéric a le sentiment de l'avoir vécue tant de fois, il aimerait en finir avec tout ça, être tranquille, accumuler l'argent bien gagné, faire des projets, retrouver Lola.

Au lieu de quoi, Jean-Louis.

Frédéric n'a que trente ans, il a des idées, de l'énergie, tant de désirs inassouvis, et il lui faut supporter ça. Il a travaillé avec acharnement, ses parents ne l'ont pas aidé. Cet appartement, il l'a payé lui-même, en quelques années, sans rien demander à personne. Il a monté sa propre société, qui marche bien, il a des idées d'avenir, il ne se soucie pas du monde, lui, il n'est pas allé à Porto Alegre, lui, il trace sa voie en se souciant simplement de ne pas écraser les voisins. Ses parents étaient contre l'école de commerce, contre le commerce, ses parents ont *fait* mai 68, ses parents vivent de rêves trafiqués et de mauvaise foi, ses parents honorent une fiction d'amour libre, mais ils n'habitent plus ensemble depuis des années. Ses parents sont restés libertaires, ils ont usé leurs corps à des substances parées de vertus mythologiques, ses parents ont réponse à tout et sont capables de vous démonter les mécanismes de l'économie mondiale en ingurgitant leurs légumes biologiques, cependant leurs comptes en banque sont toujours dans le rouge et leur fils a dû s'éduquer tout seul pendant qu'ils potassaient *Libres enfants de Summerhill.*

— Tu ne m'as jamais aimé, Fred. Tu ne m'as jamais accepté.

Quelque chose alerte le jeune homme. Cet éclat dur qu'il avait cru percevoir dans le regard de l'autre, cette étincelle guerrière n'est peut-être qu'un reflet humide et vibrant, le signe d'une peur ou d'une peine, et soudain Frédéric entrevoit autre chose : un homme faible, fatigué, vieillissant, qui sait qu'il s'est trompé sur tout et demande de l'aide.

Son père.

Jean-Louis est à genoux dans la salle de bains, la tête au-dessus de la baignoire. Les mains de Frédéric font mousser le shampooing, massent longuement le cuir chevelu. Non, il n'est pas trop tard. Non, tu n'es pas fini. Ferme bien les yeux. Je vais t'apprendre, laisse-moi faire. Je te prêterai un costume. Promets-moi de m'obéir. Tu verras, rien n'est si difficile, ni si honteux.

Fred rince les cheveux de Jean-Louis, les essuie dans une serviette-éponge. Jean-Louis, assis sur le rebord de la baignoire, a les yeux rouges dans le fouillis des paupières froissées, c'est peut-être le shampooing. On devrait pouvoir vivre sans reproches, ce serait tellement reposant. Le fils répand la mousse à raser sur les joues mangées de poils. Regarde-moi ça. Avec quoi tu te rases, Papa ? Un couteau à beurre ? Le père se laisse raser sans rien dire, il se laisse faire par les mains de son fils, cela n'était jamais arrivé, il se laisse envelopper par des mots tièdes comme des langes. Je vais t'en trouver, moi, du travail. Tu connais des tas de choses, tu sais faire des tas de choses, tu n'es pas un vieillard, quand même. On ne peut pas continuer comme ça. On va te trouver une chambre.

Debout devant le miroir du salon, Jean-Louis se contemple. Pas mal. Veste en velours, pantalon noir, col ouvert, le port de la cravate ayant été jugé prématuré.

— Je te trouve beau, dit Frédéric qui regarde par-dessus l'épaule de son père.

Il ramasse le bonnet qui traîne par terre, va dans la cuisine. On entend le claquement du couvercle de la poubelle.

Le docteur Rochambeau et l'écrivain Márquez

Alain Mabanckou

je voudrais vous parler de ce docteur, ce docteur Rochambeau qui m'a sauvé la vie, il m'a sauvé la vie à l'aide de sa science, de ses médicaments, mais surtout grâce aux lectures dont il me gratifiait, vous me direz qu'aujourd'hui je ne suis qu'un impotent, un cul-de-jatte, et que sais-je encore, pourtant je vis, pourtant je respire, grâce à lui, et je le revois encore avec sa blouse, sa silhouette fine, ses lunettes rondes, son badge : *Ancien Interne des Hôpitaux de Paris, Docteur en médecine*, je le vois pousser timidement la porte de ma chambre de malade, me demander comment s'était passée la nuit, me redresser la jambe, s'asseoir près de moi, et nous regardions la lumière du jour par la fenêtre qui donnait sur le jardin, nous discutions de tout, j'oubliais soudain ma condition, je lui parlais de ma vie d'autrefois, de mes frères, de ma mère qui vendait des arachides au marché de Pointe-Noire, de mon père qui travaillait à l'hôtel Victory Palace comme réceptionniste, et le docteur ne me coupait jamais la parole, il m'encourageait par des hochements de tête, se redressait du haut de son mètre quatre-vingt-cinq, m'aidait à me relever, à me tenir sur les deux béquilles, nous nous approchions alors de la fenêtre, il me montrait l'horizon, le ciel bleu, l'envol maladroit d'un oiseau, des amoureux qui s'embrassaient de loin, une voiture qui laissait passer un couple de vieillards, le facteur qui traversait la cour de l'hôpital, il me montrait tout cela, chaque scène de la vie quotidienne avait son importance, disait-il, et quand il estimait que j'avais assez aspiré l'air frais du matin et que les derniers pigeons avaient rejoint le faîte des arbres alentour, il me calait dans un fauteuil à roulettes, me poussait jusqu'à l'autre bout de l'hôpital sous les regards médusés de certains malades qui, à la longue, devaient jalouser notre complicité, et je savais qu'il en faisait peut-être un peu trop, mais je voyais bien qu'il appréciait aussi ma compagnie, qu'au-delà de mon état de malade s'était développée une amitié, une vraie amitié, cet homme restera pour moi celui qui m'a tiré de la nuit, celui qui m'a appris à vivre, j'allais dire à revivre depuis ce jour de malheur qui m'avait conduit jusqu'à lui

je me souviens de ce jour où, pour la première fois, nous étions arrivés dans la cour principale de l'établissement, j'étais hospitalisé depuis deux semaines, il me traîna d'abord dans le fauteuil roulant le long des couloirs, nous empruntâmes l'escalator pour déboucher dans le hall, un homme faisait les cent pas, une femme calmait son bébé, une ambulance se garait dans le parking, et puis nous sommes parvenus à la sortie principale, il y avait un saule à l'autre bout de la cour, nous sommes allés nous installer à son pied, « c'est un peu comme l'arbre à palabres chez vous », me dit-il en souriant, et il me tendit un verre de jus de pamplemousse, ouvrit les pages de *Pas de lettre pour le colonel*, me parla de Gabriel García Márquez, je l'écoutais, je ne quittais pas des yeux ses longues mains qui tremblotaient en ouvrant les pages du livre, l'émotion lui nouait la gorge, et il me lut quelques passages sur l'asthme de la femme du colonel, sur la lettre et la pension que celui-ci attendait depuis plus de quinze ans, j'oubliais tout d'un coup mon accident, j'oubliais ce samedi de malheur où j'avais perdu une jambe en une fraction de seconde, je ne songeais plus à mon cousin Bertin Miyalou qui était mort sur le coup, je ne revoyais plus cette ambiance de la discothèque *Le Cérémonial* ce soir de malheur où je n'aurais pas dû boire tel que j'avais bu, mais c'était comme une main invisible, une présence imperceptible qui me servait aussitôt que mon verre était vide, et puis il y a eu ce brouillard, ces vertiges, ces sirènes, ce brouhaha, le réveil, le visage du docteur Rochambeau, son sourire, je croyais être au paradis malgré ce bout de pied bandé, et puis les premières paroles du docteur « Vous avez de la chance, c'est un signe du destin, maintenant il faut vivre », et j'ai pensé à ces mots, « maintenant il faut vivre », mais la vie, oui la vie que vaut-elle pour moi quand je pense à Bertin, mort sur le coup, hein, le docteur a dit « il est mort, mais il doit désormais te tenir compagnie, te protéger, tu dois vivre pour lui, pour les autres aussi qui perdent la vie dans de telles conditions », et alors, comme dopé par ces paroles, par cette voix rassurante, je ne revoyais plus ces images confuses de ma tragédie, cette foule qui m'entourait au moment où je perdais connaissance, le vide, le réveil au matin dans cet hôpital, le docteur me parlait tous les jours, comme ce jour où il me murmura les pages de Márquez, cela me suffit, me redonna de l'espoir même si je savais que je ne pourrais plus être le jeune d'il y a deux mois, avec ses deux jambes, et puis, l'important, ajouta le docteur, c'était de voir la lumière du jour, d'entendre le vacarme des gamins qui courent, de se dire que ces gamins courent pour moi, qu'ils marchent pour moi

et puis un autre jour, le docteur me dit que même si je devais désormais marcher avec des béquilles, je devais remercier le bon Dieu, car je pouvais *voir*, il insista sur ce verbe, m'avait déclamé un passage de ce Márquez, « *Elle ne s'était jamais rendu compte qu'elle devenait aveugle, ou ne voulait pas le dire, jusqu'au jour où elle avait été incapable de se déplacer dans sa chambre. L'opération eut lieu à l'hôpital de la Charité, fut rapide et avec de bons pronostics. Lorsqu'on lui ôta ses pansements, ma grand-mère s'assit sur le lit, ouvrit les yeux radieux de sa nouvelle jeunesse, son visage s'illumina, et elle résuma sa joie en un seul mot "Je vois"* »

*

quatre mois déjà que je suis sorti de l'hôpital, j'ai comme la sensation que je suis né de nouveau, que la mobilité réduite qui me caractérise n'aura été qu'une épreuve, qu'au-delà, il y a la vie, et la vie, il n'y a pas que ceux qui marchent, ceux qui sont debout qui la méritent, je n'ai jamais eu autant la soif de vivre, de regarder chaque chose avec un peu plus de curiosité, je marche avec l'esprit, je fais des cabrioles, des sauts périlleux, je ne sais pas si ceux qui ont leurs deux jambes en font de même, je n'ai pas le souvenir d'avoir autant marché dans mon existence, et quand le docteur Rochambeau passe me rendre visite à la maison, parce que nous sommes restés de grands amis, il est heureux de me trouver en train d'écrire, de lire la plupart des livres qu'il me conseilla il y a quatre mois, il dit que l'écriture, la lecture sont des moyens d'évasion, il pense que nous n'utilisons jamais assez nos facultés intellectuelles, et quand je lui ai dit que j'écrivais un petit texte de rien du tout, un texte peut-être sans tête ni queue, mais un texte qui dirait mon état d'esprit actuel, il a souri, il m'a demandé « est-ce que tu l'as déjà commencé, hein », je lui ai dit oui, et j'ai pris les quelques feuillets qui traînaient sur ma table, je les lui ai tendus, il les a parcourus rapidement, je l'ai entendu lire le titre de ce texte « *Le docteur Rochambeau et l'écrivain Márquez* », il a souri avant de me lancer « merci pour cet hommage, mais tu sais, tout le courage vient de toi, nous autres docteurs avons beaucoup à apprendre des malades »

La beauté d'un vieux cheval

Delphine Coulin

À Katalin

Je suis arrivée chez lui un soir où il pleuvait. Mes chaussures trempées marquaient le tapis rouge de l'escalier, et j'en étais gênée. Chaque marche après l'autre, *mince*, je mouillais le tapis avec mes *godillots* pleins de pluie. *Mince, ça va se voir.*

Au quatrième étage, j'ai sonné. M. Bourse. Un nom, comme ça, qui ne pouvait qu'en évoquer d'autres, marchands ou obscènes. Je n'étais là que depuis quelques semaines, je ne parlais pas encore bien français, mais j'avais ressenti un vague malaise quand j'avais noté son nom dans la cabine téléphonique. M. Bourse, 205, boulevard de Rochechouart, quatrième étage, vendredi 18 heures.

Le carillon imitait celui d'une église, ou d'une horloge, *ding ding ding dang, dang dang ding, ding.* Pas du tout le bruit d'une sonnette habituelle. Mais personne ne venait. *Échange chambre de bonne contre services à personne âgée, cuisine, ménage, compagnie.* J'étais étudiante aux beaux-arts, j'arrivais de Buenos Aires et ne connaissais personne à Paris. Le peso ne valait plus rien. Je ne pouvais pas dire à mes parents que leur participation mensuelle à mon séjour parisien, pour lequel ils se saignaient aux quatre veines, ne me permettait même pas de payer un loyer. J'avais répondu à l'annonce.

J'ai sonné de nouveau. *L'occasion m'échappait, l'annonce avait été retirée, quelqu'un avait obtenu le poste, la vieille dame était morte et son fils n'avait besoin de personne, ou alors était-ce M. Bourse lui-même que j'avais eu au téléphone ? Un banquier, oui, il avait bien la voix d'un banquier. Plus que celle d'un pervers.*

Mais un banquier absent.

— Ça vient, ça vient ! Ça n'est pas fini, de faire tout ce raffut !

La voix était forte, vive, autoritaire, mais la porte s'est ouverte sur un vieux monsieur essoufflé, plié en deux dans une robe de chambre bordeaux. Sa tête s'est penchée sur le côté pour mieux m'observer.

— Ça commence bien ! Vous avez lu l'annonce, oui ou non ? Vous croyez que si je pouvais galoper, je ferais appel à vos services ?

J'ai bredouillé de vagues excuses, *veuillez me disculper je ne savais pas je*, il m'a dit qu'il n'entendait rien, j'ai répété, plus fort, il a pointé mon accent, il ne comprenait pas bien ce que je disais. Moi je crois qu'il n'entendait pas, et qu'il ne voulait pas l'avouer.

J'avais dix-neuf ans. Je venais d'Argentine et j'étudiais la peinture. Il a fredonné un tango dont les paroles étaient en français, sur un ton sarcastique, mais comme je ne les comprenais pas, j'ai souri dans le vague. J'ai rassemblé mes cheveux et les ai rangés dans mon écharpe. *J'aurais préféré que ce soit une vieille femme.* Je voyais bien qu'il se comportait comme ça avec moi parce qu'il sentait que j'avais un peu peur. Il n'aurait jamais eu la même attitude avec un jeune homme. Le bleu de ses yeux était comme délayé dans l'eau, mais son regard était précis.

Il m'a expliqué le boulot et m'a dit qu'il m'engageait. Il n'a pas demandé si j'avais déjà fait ça, il ne m'a rien dit sur lui, il ne m'a pas montré la chambre de bonne, non. Il m'a engagée comme si je ne pouvais plus dire non depuis que j'étais entrée dans ce couloir qui sentait le renfermé, où j'étais restée debout tout ce temps. Ensuite il a tendu le bras vers le petit chalet en bois sculpté qui gardait toutes les clés et il m'a tendu un trousseau.

— Vous m'excuserez de ne pas monter au sixième avec vous, mais je suis incapable de descendre des marches, alors les monter, vous pensez... Voici vos clés. Et celle de la porte d'en bas. Ici, pour l'instant, c'est moi qui vous ouvrirai. Rendez-vous demain matin, neuf heures, pour le ménage. Cette vieille bique de Jeannine étant partie depuis bientôt dix jours, vous avez du travail à faire, croyez-moi.

C'est la chambre qui m'a décidée. Elle était toute petite mais sa fenêtre au-dessus du lit, large, ancienne, entourée de fer repeint mille fois en blanc, me permettrait, le jour, d'avoir une lumière verticale très pratique pour mes toiles, et le soir de m'endormir en voyant les étoiles. Je me suis décidée à rester pour cette fenêtre au milieu des toits gris.

*

Et j'ai commencé à astiquer, aspirer, dégraisser, épousseter le grand appartement aux tapisseries démodées, ornées de fleurs larges et de toutes les couleurs, où M. Bourse passait le plus clair de son temps au fond de son lit. Il ne me parlait pas beaucoup, et j'ai vite abandonné l'espoir d'améliorer ma pratique du français par des conversations avec lui. Je nettoyais en silence, il ne me disait rien, ne critiquait pas mon travail non plus. De temps en temps, il se levait et allait lire à son bureau. Alors j'en profitais pour me glisser discrètement dans sa chambre et ôter le couvre-lit aux ramages orange, pour aller le secouer par la fenêtre de la cuisine. En face, les lumières des autres appartements rythmaient les journées des vivants, tandis que nous vaquions à nos occupations dans l'appartement où le temps était arrêté. Nos rapports étaient professionnels, à mon grand soulagement il n'avait rien du vieux vicieux que j'avais imaginé. Un jour je lui avais lavé les mains avant le repas et j'avais remarqué qu'il aimait sentir mes paumes glisser avec le savon sur le dos de ses mains veineuses et tordues par l'âge, et j'avais aimé moi aussi baigner ces doigts que plus personne ne serrait jamais, j'avais aimé lui tenir la main. C'était comme une course de relais.

Bien sûr je savais qu'il reluquait ma nuque quand je travaillais, et mes fesses peut-être. Mais je ne disais rien. Je passais le voir deux ou trois fois par jour pour cuisiner, je faisais le ménage une fois par semaine, j'avais juste à respecter scrupuleusement ses heures de repas, *cuisine, ménage, compagnie*, et en échange je peignais dans ma chambre à la vue merveilleuse, entourée de mon bureau minuscule et du lavabo bleu. L'argent de mes parents me servait à sortir, parfois, avec mes copains de classe.

Le soir des vacances de Noël, je n'ai pas réussi à dormir. Je savais que je serais seule pour les quinze prochains jours, mes amis seraient en famille ou partis en vacances. Ce serait mon premier Noël sans mes parents, et sans ma sœur et mon petit frère. Chez nous c'était l'été et tout le monde allait à la mer, à la campagne, au Tigre où les maisons étaient bâties sur l'eau. La chaleur était moite. Ici il faisait froid.

Au matin, je suis descendue à l'épicerie au coin de l'immeuble et j'ai acheté tout ce qu'il fallait pour faire le gâteau préféré de ma grand-mère, *la tarta de manzana con picadillo de uvas pasas*. Rien n'était cher, pommes et raisins secs, farine et beurre, la cannelle et le sucre il en avait à la maison.

J'ai pelé les pommes et mes soucis s'envolaient avec les tortillons acides qui se formaient sous mon couteau, ma colère et ma tristesse s'adoucissaient en même temps que les pommes s'amollissaient dans la poêle, devenaient petites et dorées. Au moment de les parsemer de raisins secs, je sifflotais.

M. Bourse, curieux, est venu voir ce que je faisais. *Par l'odeur alléché*. J'étais concentrée et je ne lui ai pas prêté attention, j'ai coupé le beurre en petits cubes et je les ai pétris avec la farine, je m'absorbais à cette tâche et je ne pensais plus à mon absence de Buenos Aires, ni à mes amis qui étaient là-bas, à dix mille kilomètres d'ici, mes doigts entraient dans le beurre qui se logeait sous mes ongles et devenait mou sous la chaleur de ma peau. M. Bourse me regardait. Il avait les yeux fixés sur mes mains. Je me suis tournée pour ne plus qu'il les voie. Il est sorti de la cuisine.

Un quart de tour, un coup de rouleau (en fait, une bouteille de vin vide). Un autre quart, un autre coup. Les gestes revenaient comme dans mon enfance. J'étais bien. Les feuilles de pâte formaient des angles doux et sortaient comme des rayons du centre doré des pommes. J'ai remis un peu de beurre et de sucre partout et j'ai enfourné. La gazinière, qui n'avait pas servi depuis longtemps, a fait quelques étincelles de joie.

L'odeur de pâtisserie s'est répandue dans tout l'appartement. M. Bourse ne s'est pas recouché ce matin-là. Visiblement il attendait.

Il attendait de goûter mon œuvre d'art.

Ce fut comme une cérémonie. À onze heures, faisant fi de ses horaires stricts, nous nous sommes attablés dans la cuisine, face à face, comme pour un jeu de société, ou un duel.

M. Bourse a attendu que je commence à manger. La première bouchée m'a fait soupirer d'aise. M. Bourse me regardait avec curiosité, il avait dû sentir ma tristesse et ne savait que dire. Il a saisi une feuille de pâte entre ses doigts plein d'arthrite et l'a glissée dans sa bouche. Il ne mangeait pas grand-chose, d'habitude. C'était peut-être pour cela aussi qu'il s'affaiblissait de jour en jour. Il ne faisait rien, à vrai dire : ni manger, ni dormir, ni sortir, ni parler. Il lisait, et c'était la seule chose qui semblait encore lui faire plaisir.

Mais ce jour-là M. Bourse s'est régalé. Il s'est même léché les doigts. Le gâteau prévu pour huit (les proportions de *mi abuela*) a juste suffi pour nous deux. Bien sûr j'ai mangé plus que lui, mais M. Bourse se défendait pas mal, il avalait des quartiers de pommes caramélisés entiers, et quand ils fondaient sous sa langue, il reprenait un peu de feuilleté, et nous ne savions plus si ce que nous préférions c'était l'onctuosité des pommes ou le croustillant des feuilles. Voire l'acidité des raisins cuits.

M. Bourse revivait, et moi aussi.

*

Dès lors, M. Bourse augmenta l'argent des courses et je fis la cuisine plusieurs heures par jour. Petit à petit, au cours de ces vacances, nous nous sommes mis à prendre nos repas ensemble. Je grossissais un peu, mais je peignais davantage, avec plus de vigueur et de santé, et je descendais désormais au quatrième avec plus de plaisir qu'avant — même si c'était aussi avec plus de difficulté et moins de souffle, peut-être. M. Bourse semblait moins affaibli, en tout cas il ne restait plus aussi longtemps dans son lit, il était plutôt à sa table de travail, il lisait, il lisait de plus en plus et me demandait maintenant d'aller à la bibliothèque pour lui, ses livres commandés par correspondance à la librairie ne lui suffisaient plus.

Était-ce mon supplément de poids, ou l'hiver qui se faisait plus froid, si j'allais volontiers à l'épicerie, je suis devenue plus réticente à aller à la bibliothèque — peut-être parce que c'était plus loin, ou parce que je devais parler à ces femmes cultivées et sérieuses, qui ne comprenaient jamais les titres que je prononçais mal, ou peut-être encore parce que j'avais peur, à présent, qu'il arrive quelque chose à M. Bourse pendant mon absence.

Oui, il fallait bien me l'avouer, maintenant que j'avais ramené M. Bourse à la vie et au plaisir, je me sentais responsable de lui. Pendant tout le chemin qui menait à la bibliothèque, je pensais à ce qu'il était en train de faire et ce qu'il risquait — une chute, une coupure, un empoisonnement — et j'avais hâte de rentrer. Sur le chemin du retour je courais presque. J'étais comme une maîtresse jalouse. J'avais dix-neuf ans, et lui quatre-vingt-quatre.

Mes plats étaient de plus en plus sophistiqués, et mes recettes ne se limitaient plus à celles de mon enfance ou de mon continent. Rôti de veau au miel et aux figues, *retourner la viande et l'arroser de sauce pour qu'elle reste tendre, ouvrir la pulpe des figues, faire dégouliner le miel*, coquilles Saint-Jacques à la bretonne, *le corail comme une offrande, la chair blanche qui palpite comme un cœur frais*, gâteau boubou et sa crème anglaise *qu'on laisse prendre pour qu'elle se mêle sans se confondre avec le coulis chocolat*, tout y passait. Nos plaisirs étaient immenses, physiques. M. Bourse s'habituait à moi et mangeait ma cuisine. Il me racontait sa vie, ses souvenirs et ses nombreux voyages. Les odeurs et les goûts réveillaient sa mémoire engourdie. Le soir de Noël, je lui parlais de mon Indien parti avec une touriste suédoise, et de la tristesse du tango.

M. Bourse avait la beauté d'un vieux cheval. Bien sûr, son corps était trop vieux et son cœur trop faible. Mais je pouvais voir dans ses yeux la fougue dont il avait fait preuve, et ses pas seraient toujours élégants, il aurait toujours de l'allure. Il ne s'avouerait jamais vaincu, il porterait les autres sur son dos, pourvu qu'ils lui fassent confiance.

Et qu'il m'emmène au paradis ou en enfer, j'étais prête à le suivre les yeux fermés.

Et la bouche pleine.

*

Au matin de la rentrée de janvier, je ne suis pas allée en cours. Je trouvais M. Bourse affaibli. Les jours suivants, il m'a demandé pourquoi je n'allais plus aux beaux-arts, j'ai haussé les épaules, il s'est satisfait de cette réponse-là. Il a encore augmenté l'argent des courses.

Je savais que cela ne pourrait durer indéfiniment, je ne pouvais pas passer ma vie à faire la cuisine pour un vieux monsieur dans un appartement du nord de Paris. Il n'était pas immortel.

Et justement, je me disais, *profitons-en tant qu'il est encore temps*. Mangeons, rions, discutons. Nos journées entières étaient des après-midi goûters. Je cuisinais de plus en plus, puisque je n'avais plus que cela à faire, je peignais de moins en moins, et je poussais M. Bourse à manger, je lui disais, allons, monsieur Bourse, encore un petit effort, on ne va pas laisser perdre (*c'est lui qui m'avait appris cette expression*), et puis surtout on ne va pas manger la même chose demain, allez, monsieur Bourse, j'en prends la moitié et vous l'autre, il faut qu'on finisse.

Je crois que j'avais peur de sortir. J'étais mieux au chaud dans ce nouveau royaume, à cuisiner et à m'occuper de M. Bourse, alors que dehors il fallait que je fasse des efforts, et que je m'inquiète pour lui, et puis ce froid, constant. J'étais mieux à l'appartement, ou bien dans ma chambrette, sous mon *Velux*. J'avais appris ce mot, *Velux*, et c'était comme le nom d'une nouvelle étoile.

Je ne vivais plus ma propre vie.

Nous étions en couple, en quelque sorte.

J'avais été avalée par l'appartement.

*

Le 6 janvier, c'était son anniversaire. Le jour des Rois. Il m'a demandé si je pouvais faire une galette des Rois pour l'occasion. Je ne savais même pas ce que c'était. J'ai trouvé la recette. Ça n'avait pas l'air très compliqué. M. Bourse s'est installé à la table de la cuisine, je lui ai mis son plaid sur les genoux, et il m'a lu les instructions tandis que je m'exécutais. Il lisait lentement, et je pétrissais doucement, du bout des doigts, les trois cent cinquante grammes de farine avec les deux cent cinquante grammes de beurre, le sel fin et l'eau froide. Les yeux délavés de M. Bourse ne quittaient mes doigts, à regret, que pour reprendre la lecture de la recette. J'en rajoutais un peu, je savais qu'il aimait la peau de mes mains, les petites fossettes qui soulignaient les premières phalanges comme celles des bébés. Je le laissais prendre un peu de pâte crue entre mes doigts, et goûter les grains de farine sous leur maillot de beurre. Au deuxième tour il m'a dit que le beurre n'était pas encore bien incorporé, j'ai donné un tour de plus, avant de laisser reposer.

J'ai ramassé la pâte en boule ronde, et je l'ai aplatie avec le rouleau tout neuf. J'ai fait une encoche pour y introduire le santon en porcelaine que je venais d'acheter, mais M. Bourse a arrêté ma main et y a glissé quelque chose.

Une bague. Pas une bague de fiançailles, non, beaucoup plus simple que cela, plus fantaisie, *pacotilla*, avec des pierres de toutes les couleurs, une bague gaie comme un feu d'artifice.

M. Bourse a pris l'air facétieux qu'il avait souvent désormais et il a dit :

— Miranda, nous allons faire un jeu : si vous avez la fève, elle est à vous. Mais pas le droit de tricher, je vous surveille.

J'ai introduit la fève au cœur de la pâte douce, que j'ai dorée à l'œuf, puis j'ai rayé la galette de motifs en épis. Je l'ai piquée de quelques coups de couteau avant de la glisser au four, comme il était dit. De la pointe du couteau j'ai senti la fève, une dernière fois.

Jamais je n'ai connu un dîner aussi joyeux. M. Bourse avait tenu à boire du chasse-spleen ce jour-là. Les bouquets étaient parfaitement cuits, à peine ébouillantés, et leur carapace fine et rose se décortiquait facilement sous mes doigts. Les crevettes nues atterrissaient sur l'assiette blanche de M. Bourse qui les engloutissait l'une après l'autre, et je sentais sur ma langue leur chair douce et salée. Les écrevisses étaient juteuses, et M. Bourse faisait du bruit en aspirant leurs têtes, mais je ne savais pas s'il s'en apercevait, et de toute façon je n'aurais rien dit. C'était son anniversaire.

Quand j'ai servi la viande, que j'achetais au restaurant argentin du troisième arrondissement, à chaque fois la peur au ventre parce que c'était loin et qu'en tout, en comptant l'aller-retour en métro et les changements, je serais au moins absente une heure et demie, M. Bourse m'a remerciée d'un grand sourire et il m'a dit :

— Miranda, dire qu'il a fallu que je vous rencontre pour goûter à la délicieuse viande argentine. Dieu bénisse celui qui m'a envoyé une telle merveille.

Et je ne savais pas s'il parlait de moi, ou de la viande, mais je m'en fichais, ce qui m'importait c'était d'être dans l'immense appartement aux tapisseries couvertes de palmes et de fleurs inconnues orange, vertes, rouges, au milieu des meubles anciens et des livres de M. Bourse, dans la chaleur des tapis, et de boire du bon vin. Lui offrir un festin pour son quatre-vingt-cinquième anniversaire, et manger du bœuf qui avait traversé la Pampa et la moitié du monde pour venir jusqu'à nos bouches.

Quand j'ai tranché la galette des Rois, écrin de la bague qui, je l'espérais, allait devenir mienne, un parfum douceReux d'amande a empli la cuisine. Une odeur jaune, une farce de fruits, un festival. M. Bourse était rouge de plaisir. J'ai coupé deux parts, larges, brillantes à souhait, et nous avons dégusté la galette religieusement. Elle était excellente. M. Bourse m'a félicitée, une fois de plus. Il m'a embrassé la main, très vite, au creux de la paume, et je l'ai laissé faire, j'étais indulgente comme avec un enfant.

Les deux premières parts ne contenaient pas la bague. M. Bourse m'a dit ah non, Miranda, non, je n'en peux plus, de grâce, mais je l'ai supplié, il m'avait promis un jeu, il ne pouvait pas arrêter la partie en plein milieu.

J'ai coupé deux nouvelles parts, un peu plus étroites que les précédentes. J'ai servi un vin doux. Nous commencions à être un peu *pompettes*, comme il disait. Les lampées étaient de plus en plus larges, pour faire descendre les bouchées de galette.

— *Le petit Jésus en culotte de velours*, j'ai dit.

J'avais entendu une dame le dire à la boulangerie, *vos gâteaux, ça il mange, hein chéri, le petit Jésus en culotte de velours, descendant un toboggan*, et là, je ne sais pas s'il ne connaissait pas l'expression, ou si c'est mon accent qui l'a fait rire, ou bien le toboggan, que j'avais rajouté, mais M. Bourse a piqué un fou rire, un rire énorme a secoué tout son corps, et sa bouche était ouverte et je voyais les morceaux de galette mouillés de salive s'accrocher à sa langue, à ses dents, et M. Bourse riait, riait, et j'ai vu la bague.

Ses yeux se sont ouverts un peu plus et le bleu de ses iris a semblé déborder légèrement, j'ai pris sa main et le lac sous ses paupières a pris la forme d'un sourire, il a continué à rire et à tousser, ma main était bien calée dans la sienne, et notre bague de fiançailles dans son estomac scellait un nouveau pacte. Je vivrais toujours avec lui.

La silhouette lumineuse d'un vieux cheval s'en allait, ondoyante, et j'entendais son rire éternel.

On dit que Faust dépeçait des anges
ou *Paris est une ville merveilleuse*

Vincent Ravalec

Sous nos pieds se reflétaient
Tout l'envers du monde
Ce que tu me montrais en songe
Les vérités, les mensonges
Et un immense escalier
Qui, flamboyant, défiait la gravité
Je ne sais plus pourquoi
Je t'ai dit que je t'aimais
Le temps passant je l'ai oublié

Faust ne savait plus pourquoi avaient été inventés le Bien et le Mal. Il aurait dû s'en souvenir et pourtant sa mémoire s'y refusait. Il savait juste qu'il était devenu un mythe, et que ce mythe parlait de cela, du Bien, du Mal, et de quelqu'un ayant vendu son âme au Diable. Il se rappelait aussi d'une ivresse, une ivresse qui n'en finissait pas, qui glissait telle un toboggan infini vers des contrées improbables où surgissait, après des images de bonheur et de douceur, la soif du… Mal !

Cette soif devait directement découler de l'ivresse. Et l'ivresse avait découlé de l'alcool, c'était la seule explication.

Faust, à qui l'on avait confié la gestion d'une partie de la Terre, avait failli à sa mission. Faust qui devait incarner la perfection dans l'imperfection et la brandir un beau jour à ses frères les Terriens, en leur expliquant que oui, le Mal existait mais que non, il n'était pas totalement vain, puisque le Seigneur l'avait proposé de manière à pouvoir le différencier du Bien, s'était réincarné en poivrot.

Il gisait, misérablement, face à la fontaine Saint-Michel, non loin des gargouilles de Notre-Dame que son âme, au temps de sa splendeur, dominait de sa beauté.

La beauté si fascinante du Diable.

Le monde tel qu'il était maintenant, avec ses voitures, ses choses étranges dont s'étaient constellés les murs, le bruit, les lumières, tout cela si loin de cette époque post-moyenâgeuse qu'il avait connue, des cornues et des alambics que, dans son antre de sorcier, il avait manipulés jusqu'aux lueurs de l'aube et où, épuisé et ivre de connaissance — et à ce moment-là pas encore d'alcool —, il s'endormait, oui, ce monde moderne, qu'il avait contribué à créer, lui était aujourd'hui complètement obscur. Éprouvait-il des regrets ? Même pas.

Il était juste abasourdi par ce qu'il voyait, cette cohorte de jolies femmes à laquelle il ne pouvait même plus prétendre et cette réalité qui lui filait entre les doigts, sans que son esprit réussît à achopper dessus. Quand l'ombre en rollers s'approcha de lui, la chose qu'il distingua dans le brouillard au sein duquel il baignait fut la salamandre.

Une salamandre montée sur des rollers.

Et cette salamandre parlait.

Elle lui disait : « Mon cher ami vous avez failli et nous ne pouvons tolérer d'aussi tristes comportements. Vous avez préféré l'ivresse et l'égoïsme à ce que vous proposait la Lumière, cela vous regarde, mais savez-vous que vos maîtresses et ceux qui vous ont suivi dans votre perdition errent aujourd'hui dans des couloirs si obscurs que leurs silhouettes sont à peine visibles depuis l'éther immaculé ? Non. Évidemment. Vous êtes trop saoul. Ceci est regrettable, mais je vous demanderai donc de me rendre la bourse qu'il y a longtemps un mien collègue vous confia, de façon que je puisse remettre de l'ordre dans les affaires de vos condisciples. Ainsi soit-il cher ami, exécutez-vous ! »

Il y eut un éclair blanc.

Les tours dc Notre-Dame en gargouillèrent. La salamandre avait cet aspect affreux qu'ont les remords que l'on a oubliés d'avoir lorsqu'ils affluent brusquement, l'aspect terrorisant de la mauvaise conscience, peuplée d'animaux terrifiants, de goules horribles et de ces zones blafardes connues des ivrognes en bout de course. Un gémissement s'échappa de sa bouche à demi édentée.

— Il fait un delirium, dit quelqu'un.

Dans un ultime effort Faust essaya de porter la main à sa dague mais dans une impulsion la salamandre la dématérialisa. L'instant suivant il ne restait qu'un corps inerte évanoui sur le trottoir qu'un rollerman venait malencontreusement de heurter. Faust, clochardisé, avait rendu, en même temps que la bourse de feu dans laquelle gisaient ses pouvoirs, l'âme à son géniteur.

Le rollerman (Salamandre pour ceux qui avaient la Double-Vue) resta quelques instants parmi le groupe de badauds assistant à la tentative de réanimation, puis à la levée du corps, et ayant constaté par lui-même l'impossibilité d'une résurrection, s'éloigna de quelques mètres et étudia plus attentivement la situation.

La Terre, 128e planète sur son itinéraire, sur laquelle avait été lancée une programmation de niveau XYZ — ce qui était un bon niveau sur l'échelle des Entités Guérisseuses ayant en charge cette partie de l'Univers — avait partiellement bugué.

Le rollerman — qui était réellement un agent galactique du groupe Salamandre — soupira. Comment allait-il pouvoir se dépêtrer de pareil merdier ?

Cette planète avait pour vocation, grâce à un processus d'évolution accélérée connu sous le nom de Civilisation, de former un certain nombre d'êtres destinés à soigner l'Univers. Le Programme, une fois lancé, éduquait les créatures capables de Création (à savoir ici les bipèdes), puis ensuite créait des Interfaces parmi les groupes les plus avancés. Faust était une de ces Interfaces, il avait regardé dans sa puce mémorielle. Faust avait été un bon élève de l'époque Antique, à qui le Programme avait confié cette responsabilité de relayer l'influx émis depuis les confins de la Galaxie et de le « dispatcher » pour le Meilleur autour de lui. Autant dire que du point de vue des habitants de cette planète, cet abruti avait été une sorte de Dieu pendant plusieurs siècles. Une Interface… Et cette Interface avait lamentablement foiré, entraînant avec elle une partie de la Terre. Se saisissant de la bourse de Faust, le rollerman-Salamandre essaya de regarder autour de lui avec les yeux d'un Terrien, il y arriva avec difficulté. Qu'est-ce que c'était que ce bazar ? Les Terriens avaient l'air incroyablement tristes. Tristes et perdus. Pas la moindre lueur dans leur conscience. Machinalement il sonda les alentours. Pourtant l'École avait l'air de fonctionner à la perfection. Livres éducatifs, jeux, processus d'acquisition de schèmes de pensée inédits sous forme de gestes quotidiens machinalement exécutés et ayant pour fonction de faire pénétrer dans les tréfonds de l'être de nouveaux réflexes, tout cela carburait au quart de poil.

Alors où était le problème ?

Guidé par son logiciel automatique rollerman-Salamandre opta pour une crêperie. Un couple d'amoureux, assis à la table d'à côté, se tenait par la main. La tendresse qui se dégageait de leur étreinte tactile émettait une lueur rose. Et si cette planète était une planète mystère ?

En matière de planète, il savait d'expérience qu'il fallait se garder de tout jugement hâtif.

Tout ce qui était or ne brillait pas forcément.

Et tout ce qui brillait n'était pas forcément or.

C'était le b-a, ba.

La Conscience Suprême — qu'Elle soit bénie pour l'Éternité —, celle qui régissait l'infinité des Univers, visible et invisible, l'enseignait constamment.

Il hésita entre une beurre-nutella et une pomme-calva-crème-fraîche.

Pourquoi l'Interface avait-elle merdé ? Il réinterrogea les mémoires de Celui-qui-s'était-appelé-Faust et qui n'était plus.

Dans l'arrière-fond de son esprit s'afficha le film. Édifiant, pensa-t-il. Des femmes, de l'alcool, du plaisir. Trop de lumières et d'or dans les palais royaux. Faust, en tant qu'Interface, avait eu plusieurs identités. Il avait hanté demeures princières et lits de reines jusqu'à plus soif, avait bu des crus que lui envierait le plus fin des connaisseurs.

Avait galopé vêtu d'atours rutilants. Reconnaissons-le, son personnage ne manquait pas d'un certain panache. Sa bite, flamboyante, avait rempli de foutre les ventres de moult princesses. Mais sa Légende, dont tout le Sel aurait dû apparaître à l'époque actuelle brillante de sagesse et empreinte de cette teinte philosophique qui aurait fait la joie des Anges, s'était au contraire tissée de gaudrioles et de futilités.

Faust, qui n'aurait dû avoir à l'esprit qu'Altruisme et souci de la progression de ses Frères Humains, n'avait songé qu'à se bourrer la gueule et à niquer.

Édifiant. Cela arrivait. Il y avait des systèmes de sécurité, mais la Conscience donnait une part de Libre Arbitre. Du moins jusqu'à un certain point. C'est pour cela que les signaux d'alarme avaient clignoté et qu'on l'avait envoyé dare-dare voir de visu ce qu'il se passait.

La Terre devait produire un certain quota d'êtres dont l'Univers avait besoin. Des infirmières, des directeurs artistiques, des pompiers, des policiers, des juges, des médecins. Version Univers bien sûr. Tous tissés de Lumière et de Sagesse. Tous porteurs de Savoir et d'Universel Amour. C'était ça le Projet. La Terre était une École, comme beaucoup d'autres planètes de la Galaxie.

Des Êtres Parfaits, comme parfait était l'Univers du Créateur.

Pas mauvais alcool avec pute dans lit à baldaquin et traîtrise pour cause de mesquine jalousie, voilà le film de Faust.

Cet abruti s'était même payé le luxe d'être jaloux de certains de ses camarades moins évolués.

Ivresse, sexe et jalousie.

Attention, pensa-t-il, si l'Interface a craqué c'est que cette planète est une planète Peau de Banane.

Une planète Mystère avec des Pièges un peu partout.

Son esprit s'acclimatant à l'environnement, il essaya de mieux comprendre ce qui se passait. Mon Dieu, mais ces Terriens étaient remarquablement sophistiqués. Ils avaient un jeu de séduction particulièrement développé, à base de signalétique gestuelle, d'émission d'hormones, et de sons évocateurs. Ils avaient évolué, c'était indéniable. Plus rien à voir avec les bipèdes simiesques qu'ils avaient été. Pas étonnant que l'Interface ait craqué. Une planète Amour, voilà ce que cela devait être. Une planète Je T'Aime. C'est d'ailleurs ce qu'était en train de dire sa voisine à son voisin. Je t'aime, mon amour. Je-t'-ai-me. L'amour binaire était une situation périmée dans toute une partie de l'Univers. Trop de problèmes avaient surgi suite à de folles passions. Trop de planètes détruites et de galaxies en déroute pour des histoires d'attraction mal gérée. Soudain un signal aveuglant de clarté illumina son esprit. Évidemment, puisqu'il s'agissait d'une planète École. D'une planète Histoire. Où se remettait en scène une partie des souvenirs de l'Univers. Soudain le rollerman-Salamandre se sentit pris de surexcitation. Oui, c'était évident, cette Terre était tout cela à la fois. Une planète Peau de Banane & Amour Folie & Mémoire Universelle. Et l'Interface avait bel et bien foiré. Plutôt que d'expliquer aux Terriens que le Mal n'existait autour d'eux que comme outil pédagogique, il s'était pris les pieds dans le tapis et avait bu la coupe — c'était le cas de le dire — jusqu'à la Lie. Là où il aurait dû arriver à dépasser le problème, à le maîtriser de façon à pouvoir brandir aux yeux d'une population émerveillée les solutions concoctées dans les tréfonds de son Esprit Atelier, il avait raté sa Mission.

Mais le Programme avait quand même fonctionné. Le Programme était le reflet de la Conscience. Et la Conscience — la Conscience Suprême bien sûr, qui siégeait au Centre de l'Univers des Univers, qu'elle soit bénie de toute Éternité — était d'une logique absolue. Et la civilisation était l'aboutissement de cette logique. La Civilisation s'était patiemment édifiée comme patiemment s'édifiaient les Univers, pas après pas, acquis après acquis, pour finalement produire un jour des choses aussi peu évidentes que la Démocratie, l'Art et la Poésie. C'était ça que les Terriens étaient en train d'expérimenter. Il continua à balayer les alentours de son faisceau. La moindre situation, la moindre émission d'information était une possibilité d'apprentissage. Et la majorité des gens ne s'en rendait même pas compte. Il envoya un bref signal « Analyse de la colorimétrie des formes géométriques ». C'était extraordinaire. Le signal résonna sur les immeubles environnants, sur les entrelacs de fenêtres, de portes, de croisées, produisant une infinité de possibilités, un véritable labyrinthe merveilleux. Cette planète était d'une complexité inouïe. Il y avait de l'espace-temps solidifié partout. Et partout des guides explicatifs pour le comprendre. Et les Terriens nageaient là-dedans sans en avoir vraiment conscience. C'est ça que Faust aurait dû leur expliquer. De l'Histoire. De la Connaissance. Et de l'Amour Passionnel en veux-tu en voilà. De plus l'Amour Passionnel déclenchait chez les Terriens de subtils processus neurobiochimiques qui sur d'autres planètes auraient été assimilés à une drogue délicieuse. Hum. Bizarre. Là était une des Peaux de Banane. L'Amour Passionnel était partout une source de problème. C'est pour cela qu'il était interdit un peu partout. Les Médecins et Infirmiers galactiques passaient leur temps à en soigner les Conséquences. Donc les Terriens devaient être capables de le relativiser. De le vivre et ensuite de le relativiser. Le Programme avait d'ailleurs dû leur proposer quelque chose. Il interrogea le Logiciel. Voyons, oui, des mythes fondateurs, Adam et Ève, les Femmes de la Bible. Plus tout un tas d'Histoires tissées au fil du temps, dont certaines étaient des resucées d'autres planètes, et d'autres de pures créations locales. Ah oui, il voyait mieux de quoi il s'agissait, le Projet n'était pas d'interdire l'Amour mais d'en faire comprendre toutes les Facettes. Les Terriens avaient à leurs dispositions des outils tels que la psychanalyse et l'expression artistique. À la fin du Programme, ils devaient être capables (entre autres) de maîtriser la Jalousie et les Pulsions Primaires.

C'était bien cela.

Une planète École-Amour.

Et qui sait si le Créateur n'avait pas derrière la tête une idée ?

Être capable de vivre de Parfaites Petites Histoires d'Amour sans danger pour l'Univers. Créer des sortes de Vaccins, qui effacent le mauvais souvenir de toutes ces affreuses guerres galactiques qui avaient endeuillé le Cosmos.

De parfaites petites inoffensives idylles.

Sans guerre de Troie, et sans Lucrèce Borgia.

La Salamandre se gratta la tête.

Comment allait-il procéder pour remettre ce bordel sur les bons rails ?

Créer une autre Interface ? Faire lui-même office de trait d'union ?

Cette planète avait déjà eu beaucoup de messies en tout genre. Il fallait être prudent. Agir en douceur.

Et à bien y regarder les Terriennes étaient vraiment pas mal. Il s'engouffra dans la rue Saint-André-des-Arts. Maintenant que sa sensibilité était éveillée, la tête lui tournait presque. Cette planète était géniale. Il se précipita dans une librairie. Les guides explicatifs pullulaient. Le moindre fait historique avait été disséqué, analysé, commenté. Et... Seigneur, qu'est-ce que c'était que ça ? Des... Des romans. Mêlant histoire universelle et épopée locale. Sur les planètes qu'il avait fréquentées jusqu'ici ce mode d'expression n'existait pas. Pas un entremêlement de signes aussi complexes produisant — il le voyait dans l'esprit de la vendeuse — d'aussi magnifiques équations émotionnelles. Des traces de nostalgie. De l'enchantement. Des pulsions de désir. Du romantisme. Illico, il se programma une petite histoire d'amour. S'il devait remplacer l'Interface autant avoir par lui-même une vision du truc. La vendeuse leva les yeux de son livre et le fixa avec des yeux de merlan frit. Du calme. Leur capacité à résister à un influx psychique était très faible. Il baissa légèrement l'intensité du signal.

— Je peux vous aider ?

— Oui, enfin non, enfin je veux dire, c'est... Géniale planète non ? C'est... Espace solidifié partout et nuance émotionnelle subtile qui se reflète dans vos yeux...Vous...

On pourrait peut-être aller… Boire un café ? Voir une expo ?

Cette planète était un pur joyau cosmique et Paris était une de ses capitales, il suffisait d'ouvrir un peu les yeux.

Quand les Terriens s'éveilleraient, l'Univers en frémirait de Volupté !

C'était une évidence…

Le monde selon Josiane Keller

Christophe Dufossé

BAKER
MR

Quand j'ai tellement froid, que tout m'est égal, je me traîne à quatre pattes jusqu'à la maison de Josiane Keller.

Tout le monde la connaît à Saint-Germain. C'est une sorte de gloire locale. Mais personne ne la connaît aussi bien que moi. Parce que c'est à moi, pendant toutes ces années, qu'elle a toujours tout raconté. À moi et à personne d'autre.

Josiane a quatre-vingt-dix ans. On a soixante ans pile d'écart. Presque une espérance de vie dans les années 30, je me dis parfois. Elle habite dans le hameau où je suis né. Ça rapproche. Je viens de lire chez un penseur grec de l'Antiquité, je ne sais plus son nom, que la première condition pour être heureux, c'était d'être né dans une ville célèbre. Quand on voit La Herpinière, on avait déjà de quoi s'inquiéter pour mon avenir. Mais bon, Josiane y habite depuis quarante ans et elle est parfaitement heureuse. Même si on lui proposait autre chose à Angers ou Saumur, je ne crois pas qu'elle bougerait.

Elle est arrivée à La Herpinière au début des années 60 après une carrière à Paris dans le spectacle. Son mari avait acheté la maison pour deux mille francs à l'époque. Elle a gardé tous les certificats. Parfois, elle les sort d'une boîte à gâteaux avec les photos de toute sa vie. Elle aime les montrer, je ne sais pas pourquoi. Sûrement parce que c'est la seule maison qu'elle a achetée dans sa vie. Comme elle aime bien raconter son passé de danseuse, ses acrobaties sur la scène parisienne, ses heures de gloire, ses copines devenues des filles-mères auxquelles les passants jetaient des pierres, son petit chat siamois qui est mort l'année dernière et qu'elle n'a jamais remplacé.

Enfin, bon, question personnalité, je dirais que c'est une bonne vivante, je ne sais pas comment la présenter. Mais je m'arrête toujours à la moitié. Je suis incapable de me mettre vraiment à quelque chose de façon satisfaisante. Le matin, j'ai l'impression d'avoir toute ma journée. Aujourd'hui, je ferai telle chose ou telle autre. Lorsque l'horloge indique deux heures, puis trois, petit à petit je me dis que le soir se rapproche et que tout est foutu. Alors, je finis toujours sur le canapé, un peu déprimé.

C'est après en général que je me rends chez Josiane Keller. Histoire de me « dédimanchiser ».

Ou sinon, j'y vais quand je n'ai pas le moral ou que je ne me sens plus bien tout seul. Disons en gros qu'on a autant besoin l'un de l'autre, pour ne pas tomber dans le plan « Les vieux, ils sont tout seuls, personne ne s'en occupe ». Parce que dans le cas présent, il faut bien avouer que c'est presque moi qui aurais le plus besoin de Josiane Keller.

D'accord, il faudrait que je me trouve quelqu'un pour aller avec moi. C'est ce que tout le monde me dit dans mon entourage. Moi aussi, j'aimerais bien trouver une fille qui vienne habiter avec moi. Je cherche, mais je ne trouve pas. C'est pas comme si j'étais un genre d'ermite ou de curé ! C'est comme avec les gens, en général. Parce que en gros le problème, c'est que je pense que je n'ai pas suffisamment de choses à dire pour m'adresser à eux, et puis, même si je leur parlais, il me semble que ça n'intéresserait personne. Avec les filles, c'est un peu pareil. À chaque fois que je vais en discothèque et que j'en invite une chez moi après pour faire connaissance, il se passe toujours le même truc. Dès qu'elle rentre dans la chambre, elle bloque devant mes peluches. Il y en a partout et ça les gêne. Des Marsupilamis, des Garfield, des ours bruns, des Kikis pin-pon, des Caliméros, j'ai même des Winnie géants que j'ai achetés au Toys'R'us de Saumur. Elles trouvent ça presque pire que si j'avais des cassettes porno. Franchement, je ne comprends pas la mentalité des filles de mon âge. Elles sont déjà très adultes, quand on y pense.

« Fanfan, t'as presque trente ans, dit ma mère quand elle vient faire un peu de ménage, tu devrais revendre tout ça à la brocante. Ou les donner à Emmaüs. »

Jamais de la vie, faut pas rêver. Jamais je ne m'en séparerai. Plutôt revendre ma mère.

Pour revenir à Josiane Keller, elle a un genre de théorie comme quoi le monde se divise en deux catégories : les cakes et les feuilletés. Les cakes, c'est d'un bloc. Où que vous attaquiez, ils ont la même consistance. Alors que les feuilletés, il y a plusieurs couches et c'est pas toujours évident de connaître le fond de ces gens-là. C'est un système philosophique comme un autre si vous avez envie de mieux connaître les gens. Et en général, elle ne se trompe jamais.

Pour vous donner un exemple, hier, j'ai été chez elle. Pas trop tard parce qu'à neuf heures elle est couchée. C'est pas qu'elle a besoin de beaucoup d'heures de sommeil mais elle aime « penser » un peu avant de s'endormir. Eh bien, de six heures à huit heures, on a pris un numéro de *Voici* et puis on a commenté. C'est comme ça à chaque fois, on ne peut pas s'en empêcher. Sinon, à quoi ça servirait que les gens soient connus si on ne peut pas parler sur eux !

Tenez, prenez la mort de Jean Lefèvre. C'était quand même très triste, juste après celle de Marlon Brando. Et juste après, Sacha Distel. Et le lendemain, Serge Reggiani. Un été vraiment pourri pour les stars et ceux qui les aiment ! Un truc curieux, c'est que j'écoutais justement un disque des plus grands succès de Sacha Distel un peu avant l'annonce de sa mort. Ça m'a fait un coup. Vous écoutez un chanteur, et puis il meurt un peu après. Depuis, je n'écoute que des chanteurs disparus. Comme ça, je suis sûr qu'il ne peut plus rien leur arriver.

Elle a une autre théorie assez bizarre sur la vie comme quoi il faut garder les yeux fixés sur les aiguilles de l'horloge, comme ça on ne les voit pas tourner. Elle en parle parfois, même si c'est pas souvent parce qu'elle n'aime pas s'attarder sur des choses trop tristes.

« J'ai aimé chaque jour de ma vie et depuis que j'ai soixante ans, je me dis que j'ai le droit à un petit sursis. Ça fait déjà trente ans. Mais bon, qui a envie de vivre éternellement ? Tout le monde mais c'est une grosse bêtise. Franchement, je te le dis, à un moment, il y a quelque chose qui existe comme une lassitude. Mais c'est dur d'expliquer ça à des jeunes. »

Elle dit ça avec un air préoccupé en laissant tomber les yeux par terre. Elle s'assoit sur son lit et entre dans une sorte de transe, le regard fixe. Elle a l'air de loucher un peu et les mains sur les cuisses sont aussi immobiles que des pierres. On dirait qu'elle laisse le temps l'envahir ; elle n'est plus vraiment là. Il y a des fois, je vous jure, où elle me fait peur. Mais je vois très bien ce qu'elle veut dire.

C'est comme si la vie se passait dans un canapé en fin d'après-midi le dimanche.

« On peut se demander pourquoi je continue, hein ? L'amour de ma vie est mort, il y a quinze ans, et depuis je suis seule. Je suis fatiguée, j'ai de l'arthrose, de l'arthrite, des broches pour soutenir mes hanches et je n'entends plus très bien. Mais je peux te dire que ta voiture, le dimanche soir, je l'entends très bien ! »

Elle part dans un grand éclat de rire. Puis elle pose une main sur mon épaule, légère, très légère.

« Je continue parce que j'y crois encore. Voilà la vérité. »

C'est le lendemain qu'elle est tombée dans l'escalier. Heureusement, elle n'avait rien. Quelques contusions, un peu de trouille mais rien de vraiment sérieux. Il y a eu un autre événement deux jours plus tard et dont je me souviens. C'est normal vu que c'était mon anniversaire. Ça tombait un dimanche. En plus, j'allais avoir trente ans. Un tiers de ma vie. Et je ne m'en étais même pas rendu compte. Même mes parents avaient oublié d'envoyer une carte, c'est pour dire.

Josiane, elle, elle y avait pensé. J'ai reçu une carte toute mignonne avec des chatons qui dormaient dans un panier et une légende qui disait : « Continue à dormir tranquille même si tu as un an de plus. » Elle m'avait laissé un mot. Elle m'avait écrit que pour les vrais amis, le temps n'existait pas. Comme pour les idiots, avait-elle ajouté, à qui la vie n'apprenait rien. Sauf que pour les amis, c'était « constructif ». J'ai pensé que c'était encore un truc qui faisait partie de sa théorie. Elle avait écrit qu'elle m'attendait le lendemain dimanche pour aller au restaurant et fêter mon anniversaire. Elle avait déjà réservé dans un restaurant à Chinon.

Au même moment, le téléphone a sonné. C'était elle qui m'a demandé si j'avais bien reçu sa carte et si c'était d'accord pour le restau. J'ai dit en rigolant qu'il faisait moins dix dehors, que ma dernière femme de ménage venait de partir et donc que j'allais réfléchir. Ça ne l'a pas fait rire du tout, mon humour. Elle m'a dit comme ça que je n'avais pas intérêt à réfléchir longtemps. Le lendemain, j'étais chez elle à midi pétante avec ma 205 GTI customisée qui sortait de la station de lavage.

Je m'étais fait beau. Enfin, je veux dire que j'avais mis un pantalon en velours, ce qui est un genre de révolution pour moi qui porte toujours des jeans et j'avais même mis une cravate. Josiane m'attendait, debout en s'appuyant sur sa canne. Je sentais qu'elle était impatiente de sortir un peu.

« J'ai un de mes petits-fils qui doit passer mais je n'ai pas envie de passer l'après-midi à l'attendre. J'ai d'autres priorités aujourd'hui », m'a t-elle dit tout de suite.

On est partis sans attendre et Josiane me faisait des commentaires sur le paysage pendant que je conduisais. Elle n'avait pas été à Chinon depuis dix ans et tout ce qu'elle croisait lui paraissait nouveau, ou changé. J'ai tout de suite pensé que pour quelqu'un qui sortait aussi peu, elle avait quand même une sacrée vision du monde. Son truc, je crois, c'est qu'elle ne lisait pas seulement la presse à sensation comme la plupart des gens, c'est-à-dire en passant d'un article à un autre comme on regarderait un feuilleton en plusieurs épisodes. Non, elle interprétait le comportement des gens connus et en tirait une sorte de philosophie. Parfois, pour rigoler, je lui dis que c'est une sorte d'artiste du potin, du ragot.

Le restaurant s'appelait La Treille. Il donnait sur une place avec une immense statue de Jeanne d'Arc en ferraille. Très, très impressionnante, le regard victorieux et pas de quartier. C'était un restau assez classe mais en même temps assez simple, style terroir. Avec poutres apparentes, tables en chêne et une salle décorée avec des petits cadres au mur tout mignons. On s'est installés un peu à l'écart, près de la fenêtre. Une grande table ronde. Il y avait du monde, beaucoup de personnes âgées. Normal pour un dimanche midi. Josiane m'a expliqué tout de suite sa théorie sur le fait qu'il y avait beaucoup de personnes de son âge au restaurant le dimanche midi. Mais bon…

En entrée, on a commandé une terrine de ris de veau arrosée d'un moulin à vent 2002 délicieux et puis, comme plat, on a pris du bœuf braisé à l'autrichienne avec une crème au paprika. C'était divin ! En plus, l'arrière-goût de céleri qui arrive comme par surprise. Josiane pour une fois ne disait rien. Elle n'avait plus de théorie. Elle mangeait, superconcentrée sur son assiette.

C'est au dessert qu'elle est entrée. Une fille de mon âge, habillée chic mais sans plus. Des grands yeux avec des cheveux longs et une frange châtain, un joli visage ovale et un petit nez. Quand elle a traversé la salle pour aller vers le serveur, tout le monde la regardait, hommes et femmes compris. C'était comme dans un film où des gens se déplacent au ralenti. Elle s'est installée à une table en face de nous. Seule.

Elle a allumé une cigarette et quand elle s'est rendu compte que des gens la regardaient en lui faisant comprendre que ça ne se faisait pas de fumer dans un endroit public, elle a tiré deux fois plus fort sur sa cigarette et s'est mise à expirer des nuages de fumée énormes. On aurait dit un paquebot. Une sacrée personnalité !

Josiane m'a donné un coup de coude. J'ai pensé que c'était parce que je n'arrêtais pas de la regarder. « Elle est belle, hein, Fanfan ? » elle m'a demandé en donnant un coup de menton dans sa direction. J'étais carrément ébloui, sidéré. Mais je ne voulais pas faire celui qui est impoli. J'étais avec elle, j'étais invité pour mon anniversaire et ça me faisait rudement plaisir, point final. J'allais pas faire celui qui s'ennuie et passer le repas à regarder autour de moi.

Arrivés au dessert, le serveur s'est pointé à notre table avec une sorte de gigantesque gâteau meringué avec des bougies partout (je les ai comptées après, il y en avait bien trente). Tout le monde a regardé dans notre direction et quand j'ai soufflé les bougies, les gens ont applaudi. Ça m'a fait quelque chose ! J'étais vraiment ému.

Elle applaudissait avec les autres, je la voyais bien ! Elle me souriait, comme si on se connaissait depuis longtemps et qu'on devait se retrouver là depuis des années. Les gens se sont mis à chanter *Happy Birthday To You* et là, je savais carrément plus où me mettre. J'en avais presque les larmes aux yeux ! Pourtant, je suis pas vraiment ce qu'on appelle un sentimental. Mais bon, là, je pouvais pas m'en empêcher. Et puis, les gens se sont arrêtés de taper dans leurs mimines et c'est là qu'un truc incroyable s'est passé.

La fille s'est levée doucement de son siège, elle est venue à notre table et a demandé à Josiane si elle pouvait se joindre à nous parce que c'était pas drôle d'être toute seule à une table et qu'on lui paraissait « sympa ». J'ai regardé Josiane avec des grands yeux effrayés, l'air de dire « Non, non, on n'est pas sympathiques du tout, on est même très méchants ! » ; elle lui a dit « Je vous en prie, mademoiselle, asseyez-vous à côté de mon petit-fils ! » et elle s'est mise juste à côté de moi.

J'étais tout rouge. Je ne savais plus où me mettre. Vous auriez fait quoi, vous ! « Allons, Fanfan, ne fais pas l'enfant (c'est sa réplique favorite), tu as trente ans aujourd'hui ! elle a dit comme ça.

— Audrey, elle m'a dit en me tendant la main.

— Fanfan et Josiane », a répondu l'intéressée sans que j'aie eu le temps d'ouvrir la bouche. Dans ce cas-là, il n'y a pas trente choses à faire et la théorie de Josiane, j'y crois à fond, c'est qu'il faut toujours amener les gens à parler d'eux-mêmes. Avec la plupart, c'est pas difficile : dès qu'il s'agit de parler d'eux, c'est des vrais moulins à parole. Mais il y a des filles, elles sont comme qui dirait plus réservées. Alors je lui ai demandé ce qu'elle faisait dans la vie.

C'est sûr que comme question originale, on fait mieux. Mais là, j'étais un peu coincé niveau ambiance. Elle a répondu qu'elle travaillait dans une société de traitement de l'eau au service clients. Elle a ajouté qu'elle ne s'était jamais rendu compte avant de travailler là que les gens, franchement, ils appelaient vraiment pour n'importe quoi. Josiane a ri et moi aussi. Elle a mangé un morceau de gâteau avec nous. C'est là que j'ai commencé à me sentir plus à l'aise.

On a parlé de tout et de rien. Surtout Josiane. Moi, je me taisais. Je la regardais. J'ai presque regretté quand le serveur a apporté les cafés. Elle m'a demandé à un moment ce que je faisais dans la vie et quand j'ai répondu que j'étais mécanicien, elle a dit : « Dingue que tu sois Mécano, c'est Génial ! » Je pouvais presque entendre les majuscules. Dans sa bouche, c'était drôle et léger. Je me suis senti encore mieux. Quand je me retournais pour regarder les reflets dans la vitre, c'était elle que je voyais.

Après, avant de partir, je lui ai demandé si elle était pas mariée parce que j'avais pas vu d'alliance. Josiane m'a pincé en dessous le coude. J'avais dit une bêtise. Elle a répondu comme ça, très classe : « Je suis mariée avec moi-même… pour l'instant. » Après, on a vidé nos tasses et elle nous a remerciés en nous disant qu'elle devait partir. Elle s'est levée et après avoir payé sa part au serveur, elle a embrassé Josiane sur les deux joues et elle m'a serré la main en me disant qu'elle espérait qu'on se reverrait. C'est là que j'ai compris.

J'ai regardé Josiane et elle m'a demandé comment je la trouvais, sa petite-fille. Je suis resté pétrifié pendant quelques secondes. Puis après deux minutes, elle a dit :

« Je crois qu'elle t'aime bien, ma petite-fille.

— Ah bon !

— Qu'est-ce que tu penses de mon cadeau d'anniversaire ? »

J'en pensais le plus grand bien, évidemment. L'ami d'Audrey l'avait quittée il y a quelques mois, m'a expliqué Josiane. Et elle avait dit à sa grand-mère que la solitude, ça commençait à lui peser et que vivre toute seule quand on était jeune, c'était un peu triste. Josiane avait pensé à moi tout de suite mais ne savait pas comment organiser quelque chose. Et puis, c'était délicat question compatibilité. Elle m'a expliqué une dernière théorie avant que l'on quitte le restaurant. Elle considérait que l'amitié entre deux êtres comme elle et moi, ça allait au-delà d'une bonne tape sur l'épaule. C'était le truc qui faisait partager les mêmes idées sur l'essentiel. Mais surtout, et elle a insisté là-dessus, c'était permettre à l'autre d'être heureux en dehors de soi. Et ça, c'est jamais gagné.

Sur le chemin du retour, j'ai songé au monde de Josiane Keller, à sa beauté toute simple et au fait que je ne saurais vraiment pas quoi faire si un jour, ce monde venait à disparaître. Puis j'ai essayé de penser à autre chose en me concentrant uniquement sur la vitesse à laquelle je roulais. À un moment, nos regards se sont croisés dans le rétroviseur. Elle a souri et elle semblait me dire.

« Comme ça, on pourra se voir encore plus ! »

Et j'étais d'accord.

Ma fibroscopie

Alexandre Zanetti

SARAJEVO

Je suis sorti de la fibroscopie un peu patraque.

Déjà parce que j'ai vomi sans discontinuer pendant vingt bonnes minutes, et puis parce que maintenant, il fallait attendre les résultats.

C'est vraiment pas sympa, la fibroscopie.

Pour vous mettre dans le bain, vous mettre à l'aise, on vous fait d'abord attendre dans une salle non insonorisée, ce qui fait que vous entendez tout ce qui se passe sur la table d'opération dans la pièce à côté ; et pour finir vous voyez les gens ressortir par la salle d'attente avec des têtes déconfites.

J'ai attendu mon tour une heure. J'ai vu sortir trois personnes en larmes, puis, j'ai entendu : « C'est à vous, monsieur Leblon. »

J'avoue, je n'avais pas tellement envie d'y aller.

L'infirmière a eu beau me faire un grand sourire, la préparation dans la salle d'attente m'avait un peu effrayé.

J'ai compris toute l'horreur de l'examen quand j'ai vu la machinerie. Un long tube gros comme un tuyau d'arrosage ! Ils ne vont quand même pas m'enfoncer ça dans la gorge ? Eh bien, si !

Le médecin m'a expliqué : « Au bout de ce tube se trouve une caméra grâce à laquelle nous allons descendre jusque dans votre estomac. » Super, je me suis dit. L'infirmière m'a fait boire une potion, une espèce de gel pour insensibiliser mon œsophage, puis le médecin s'est approché de moi. « Allez mon gars, on y va. »

J'ai ouvert la bouche avant qu'il me le demande. J'avais compris par où ça devait passer. Et hop !

J'ai réussi la première étape : la caméra est passée sans problème dans ma gorge. Le chirurgien à l'accent italien a mis toute son énergie dans ce viol et ne manquait pas de me tenir au courant. Il m'a même proposé de regarder mon intérieur sur un écran que l'infirmière avait posé à côté de moi. Il avait l'air de trouver ça beau. « Regardez, on dirait un paysage lunaire ! » Je me suis contenté de faire un signe de la tête, ou plus exactement avec les yeux — en pleurs —, parce que quand on touche la glotte, ça fait pleurer et vomir, c'est con comme truc. J'aurais pu m'en douter, j'avais vu ceux qui y étaient passés avant moi ressortir vidés, la tête explosée.

En fait, tout était prévu, ça devait faire partie de la mise en condition de nous montrer ceux qui venaient de subir l'examen, pour qu'on sache à quoi s'en tenir. Question psychologie, ils sont drôlement forts, les médecins. *Ils prévoient tout dans les moindres détails*, je me suis dit.

Comme un entraîneur, le médecin me dirigeait : « Ne bougez plus », « Allez ! poussez sur le ventre »... Je crois même qu'il m'a lancé quelques « Bravo ! On y est presque ! » pour m'encourager. J'en ai éprouvé du plaisir. J'aime bien qu'on me félicite.

Effectivement, c'était un peu comme un paysage lunaire ; et on y effectuait un peu les mêmes travaux, puisque quand nous sommes arrivés dans l'estomac, il m'a dit : « Maintenant, on va faire quelques prélèvements. » Il m'a montré les petites pinces téléguidées qui allaient m'arracher un peu de mes entrailles. Sans doute m'expliquait-il tout ce qu'il faisait pour que le temps passe plus vite ; je pense qu'il s'en foutait, que je connaisse toutes les étapes de l'opération.

On devrait faire subir cet examen aux médecins qui le pratiquent. C'est comme quand on triche à l'école : on est tellement concentré qu'on n'oublie jamais ce qu'on a copié. Là, c'est sûr, en une fois vous avez tout mémorisé, pas besoin de cours !

Quand le médecin a retiré l'appareil de ma bouche, je me suis senti renaître. D'abord parce que c'était fini, et puis parce que je pouvais à nouveau respirer normalement.

L'infirmière m'a tendu un kleenex pour m'essuyer les yeux, et m'a reconduit à la porte. « Vous aurez les résultats dans quarante-huit heures. »

Elle a ouvert la porte, j'ai vu la tête inquiète des gens qui attendaient leur tour.

J'étais sûr maintenant que c'était pour mettre les suivants en condition, qu'on nous faisait sortir par la salle d'attente, les autres l'avaient fait pour moi avant, je voulais moi aussi les préparer psychologiquement, je les ai tous regardés droit dans les yeux.

J'ai attendu quelques heures avant de prendre un café. Je ne suis pas du genre inquiet, mais là ça me tracassait.

Qu'est-ce qu'ils allaient bien pouvoir trouver dans mon estomac ? D'un côté j'espérais qu'ils trouveraient quelque chose ; ça faisait six mois que je ne pouvais plus dormir — enfin si, mais assis. Dès que je m'allongeais, je ressentais d'atroces brûlures qui partaient du ventre et remontaient jusque dans ma bouche.

Quarante-huit heures, c'est long ; j'en suis qu'à vingt-quatre, et j'ai envie de savoir.

J'ai appelé deux fois aujourd'hui. Ils m'ont dit que ça ne servait à rien, qu'il fallait attendre, que mes prélèvements étaient partis en culture.

J'ai du mal à comprendre comment on peut mettre des bouts de chair en culture ; je me demande si c'est pas pour me cacher quelque chose. Culture… Je trouve qu'ils nous prennent vraiment pour des… Mais je ne veux pas les contrarier, alors j'ai dit : « Oui, oui d'accord, je comprends. » Mais je suis pas dupe. J'ai l'habitude qu'on me prenne pour un idiot, mais à ce point ! Ça doit encore être une technique psychologique pour nous préparer, comme le coup de la salle d'attente. Mais pour nous préparer à quoi ? Tout à coup, j'en ai eu des sueurs froides. À la mauvaise nouvelle ! Mais oui, c'était ça ! Je les imaginais autour d'une table… « Voilà les résultats des derniers. » Les contaminés — je sais pas à quoi, mais contaminés…

« Leblon, le cas Leblon, quelle horreur ! Irrécupérable, plus d'estomac, pas étonnant qu'il ne puisse plus dormir. Donnons-nous encore vingt-quatre heures pour trouver la manière de le lui annoncer. » J'avais compris. Voilà pourquoi ils nous faisaient attendre.

J'ai pris mon téléphone et j'ai rappelé.

« Oui, c'est encore moi, Leblon, je suis désolé de vous déranger à nouveau, mais j'ai tout compris, c'est pas la peine de prendre des pincettes avec moi, je suis courageux. Alors, il me reste combien de temps ? Je préfère savoir tout de suite, ça fera gagner du temps à tout le monde. »

L'infirmière n'a pas voulu avouer. Ils ont des directives, c'est sûr ; d'ailleurs, je peux comprendre : moi aussi, au magasin, si on me dit « Motus », je suis plus muet qu'une carpe ; seulement moi, je reste aimable. L'infirmière, elle, a perdu de son sang-froid : « Écoutez, M. Leblon. Ça fait cinq ou six fois que vous appelez aujourd'hui. Je vous ai pourtant expliqué ! On attend le résultat de vos examens. Vous me faites perdre mon temps, ça ne sert plus à rien d'appeler. Le médecin vous verra demain. »

Je lui dirai, moi, au médecin, que malgré les consignes, on devrait leur apprendre à rester polies, à ces infirmières !

Ils sont bizarres, dans cet hôpital. J'arrive ; l'infirmière qui m'avait envoyé sur les roses la veille me reçoit très gentiment. Et puis le médecin a pris un quart d'heure pour m'annoncer : « Vous avez un cancer de l'estomac. » Ça m'a amusé parce que je le savais déjà ! Pas que j'avais un cancer, mais quelque chose de grave en tout cas.

Là, il a été très surpris quand je lui ait dit, avec mon plus beau sourire, que je m'en doutais depuis la veille ; j'avais compris pourquoi ils nous faisaient attendre quarante-huit heures et tout ça, droit dans les yeux.

Il était épaté. Je lui ai tout raconté, y compris la table ronde où ils exposaient les différents cas. Je crois que j'étais le premier à découvrir le pot-aux-roses ; du moins, c'est ce que j'ai lu sur son visage.

Après m'avoir écouté, il a pris une inspiration, puis il a soufflé et m'a demandé : « Vous savez ce que ça veut dire ?

— Ça veut dire quoi ? j'ai répondu du tac au tac.

— Vous avez un cancer de l'estomac et il va falloir commencer un traitement au plus vite. »

J'ai répondu que bien entendu j'avais entendu parler du cancer mais que je ne savais pas en quoi consistaient les traitements. Je savais aussi que les gens avaient très peur, mais moi non ; enfin, pas encore.

Il me fallait le temps de digérer, en quelque sorte.

Le médecin m'a demandé de prendre rendez-vous dans un autre service, en chimiothérapie, après m'avoir rassuré sur mes chances de guérison.

J'ai commencé à avoir peur quand j'ai perdu mes cheveux. C'est là que je me suis vraiment rendu compte que j'avais quelque chose. Et ces nausées qui n'en finissaient pas…

J'ai pris mon courage à deux mains. Au risque de passer pour un chieur, je vais leur demander combien de temps ça va durer.

Le médecin Gaillard, celui qui m'avait reçu après la fibroscopie — qui me « suivait », comme on dit —, n'y a pas été par quatre chemins.

« M. Leblon, je suis content que vous vouliez en savoir davantage, et notre devoir est de vous dire la vérité. Vos scanners — le scanner, ça n'a rien à voir avec la fibroscopie, c'est un peu comme dans les fêtes foraines sauf que ça ne bouge pas —, ne sont pas très bons. J'envisage d'arrêter votre chimio. »

J'étais comme un fou. Enfin j'allais retrouver mes cheveux, oublier les nausées ! Je le remerciai d'avoir pris cette décision.

Il a repris : « Le problème, c'est que la maladie gagne du terrain. Les organes limitrophes sont touchés et on a même retrouvé des cellules évolutives dans votre moelle épinière, ce qui veut tout dire !

— Ce qui veut dire quoi ? » ai-je demandé. Je ne voyais pas exactement où il voulait en venir. Je ne suis pas médecin ; j'avais compris que le scanner n'était pas bon, mais pour le reste…

« Ça veut dire qu'il vous reste quelques mois à vivre. À moins d'un miracle. »

Il m'a dit d'aller me reposer, que lui et tout son service étaient à ma disposition, et qu'il allait, dans un deuxième temps, m'aiguiller vers un centre anti-douleur.

Je ne m'étais jamais posé de questions sur la mort. Et c'était bien de cela qu'on parlait ; s'il ne me restait que quelques mois à vivre, ça signifiait que j'allais mourir — encore une de leurs techniques psychologiques ! C'est pour ça que j'ai mis un moment à comprendre, à réaliser tout ce que ça voulait dire.

Ce n'est pas possible, je ne peux pas mourir ! Pas maintenant ! C'est trop tôt. Après tout ce que j'ai enduré… À quoi ça a servi ? reprenons depuis le début, j'ai un cancer. Il est partout. D'accord. Mais j'ai suivi un traitement ! Non, c'est pas possible ! Je ne peux pas mourir !

Je ne pensais qu'à ça, même quand j'essayais de raisonner.

Je ne suis pas prêt à mourir !

J'ai rappelé le médecin et j'ai pris rendez-vous.

« J'ai bien réfléchi, docteur. Vous avez dû vous tromper quelque part, je ne peux pas mourir maintenant ; je ne sens pas que c'est le moment. Je pense qu'il y a une erreur, je veux bien même refaire la fibroscopie pour vous montrer ma bonne volonté. »

Mais le médecin est resté sur sa position. « Écoutez, M. Leblon. Ça ne servirait à rien, tous les examens nécessaires ont été pratiqués, on a fait notre possible pour vous soigner ; il faut l'accepter, c'est un échec. Il faut voir cela comme une épreuve. Il y aura des gens auprès de vous pour vous aider à réussir ce passage. D'ailleurs, ne sommes-nous pas tous mortels ? »

Je l'ai trouvé nettement moins sympathique, cette fois. Facile d'être philosophe, quand on n'est pas malade et qu'en sortant de son cabinet on a l'intention d'aller faire une bonne partie de golf avec des amis. Facile d'être détaché, quand tous les soirs votre petite femme vous attend pour vous demander : « Combien de vies humaines as-tu sauvées aujourd'hui, mon chéri ? » Facile d'être détendu quand on peut fumer un bon cigare sans ressentir aucune brûlure.

Mais, c'est pas facile, quand on vous annonce que vous allez crever. Ah ! non, c'est sûr, je lui en veux à ce médecin !

Je veux pas mourir. Qu'est-ce que je peux faire ? Je ne pense qu'à ça. Je ne peux pas mourir.

Je me répète le mot en boucle : mourir, mourir, mourir, à la fin il n'y a plus que l'émotion, la peur et le mot ne veulent plus rien dire. *Ce n'est pas possible.*

Je suis retourné plusieurs fois à l'hôpital. On m'a refait une fibroscopie et deux scanners, « pour me faire plaisir » qu'ils ont dit. Et c'est une évidence : ils ne s'étaient pas trompés, je vais mourir, j'ai des métastases partout. Maintenant, je le crois.

Cette nuit, je me suis réveillé et j'ai eu un flash. D'accord pour mourir, mais pas tout seul ; je ne veux pas mourir tout seul. Je veux mourir avec d'autres êtres humains, plein d'autres hommes, qu'on parte tous ensemble.

J'ai signé une décharge. « On ne peut pas vous laisser partir comme ça dans la nature, m'a dit le médecin.

— Et pourquoi pas ?

— Parce qu'on a besoin de vous pour faire avancer la recherche. »

C'est ça, je me suis dit, et j'ai signé la décharge. Je suis parti avec une batterie de médicaments, bien décidé à ne jamais remettre les pieds à Bichat.

Enfin libre ! J'allais pouvoir mettre mon plan en action.

J'ai acheté tous les journaux, et je me suis assis à la terrasse d'un café. Ça s'annonçait bien. C'est dingue, le nombre de catastrophes ! Je n'y avais jamais prêté attention. Décidément, j'avais fait le bon choix. Je me sentais déjà moins seul.

Maintenant, il fallait se décider. Cyclones, meurtres en séries, guerres… j'avais l'embarras du choix. Avec qui allais-je mourir ?

J'ai laissé faire mon instinct, j'ai ouvert un journal au hasard, je ne me souviens pas lequel — de toute manière, ils racontent tous la même chose. Là, j'ai eu la révélation : Sarajevo !

J'ai lu un peu ce qu'ils racontaient : c'était parfait ! Des bombardements jour et nuit, et des morts, des morts, des morts…

À l'aéroport, on m'a demandé si j'étais journaliste, ou bien médecin. « Ah non ! Sûrement pas médecin ! » Je les avais dans le nez. J'ai répondu « journaliste » ; ça m'a fait plaisir qu'on me prenne pour un journaliste, moi qui ai rangé des vis pendant vingt ans au sous-sol du BHV Rivoli ! Je n'aurais jamais cru qu'on me prendrait un jour pour quelqu'un ! Ça a du bon, le cancer …

Je suis descendu dans un super hôtel, l'*Holiday Inn*. Sarajevo, ça ressemblait drôlement à chez nous ; il y a des rues avec des magasins, des routes bien goudronnées. Mais on voyait qu'il y avait eu un problème, les vitrines avaient éclaté et les voitures ne circulaient plus.

Je me suis senti bien dès le premier soir. J'ai eu le droit à un super feu d'artifice. Je me suis posté sur le balcon, j'ai respiré un grand coup et j'ai regardé les avions passer au loin ; on n'imagine pas le bruit que ça fait, les fusées qui explosent dans les immeubles.

Le garçon d'étage — il y a même des garçons d'étage — a frappé à ma porte : « Il faut descendre dans la cave, ça canarde sec ce soir. » J'étais étonné qu'il parle français : quand je regardais les actualités à la télé, à Paris, j'étais à mille lieues de penser qu'il puisse y avoir des gens qui parlent français à Sarajevo.

Les pays en guerre, c'est un peu comme les malades, on a l'impression que c'est quelque chose à part, que ça ne nous concerne pas. Alors quand ce type m'a parlé en français, j'ai réalisé que c'était quelqu'un comme moi.

J'ai bien fait de venir à Sarajevo. Je pourrais mourir avec ce garçon d'étage, il est drôlement sympa.

Je suis descendu à la cave, mais je suis remonté assez vite, discrètement parce que c'était interdit. Ils étaient tellement occupés à écouter les bombardements qu'ils n'ont pas fait attention à moi.

J'avais pas fait tout ce voyage pour mourir avec les mêmes gens qu'à Paris ! Il n'y avait que ça dans l'abri, à part les employés de l'hôtel. Des baroudeurs, reporters d'images excités par la situation, des journalistes accrochés à leur dictaphone pour enregistrer les moindres détails... Non vraiment, ça ne m'intéressait pas de mourir avec eux.

Depuis le balcon, on voyait beaucoup mieux, surtout les missiles qui partaient du sol comme un feu d'artifice. Je ne sais pas exactement ce qu'ils visaient, on voyait à peine les avions. Pourtant, ils ne devaient pas être loin parce que des bouts d'immeuble tombaient un peu partout, parfois même en entraînant des gens.

J'ai eu des brûlures d'estomac toute la nuit malgré les médicaments. Ça m'a empêché de dormir — ça et peut-être aussi les bombardements et l'émotion. Ils n'ont arrêté qu'au petit matin. Il y a eu un grand calme. Puis, comme d'une souricière, des hommes sont sortis de partout, et il s'est mis à régner une activité incroyable. Je les ai regardés s'agiter un moment, puis je me suis endormi comme un bébé.

Je me suis réveillé à quatre heures de l'après-midi — ça ne m'était jamais arrivé — avec la ferme intention de quitter l'hôtel. J'étais un peu triste parce que je ne verrais plus le garçon d'étage, mais j'en trouverais plein d'autres comme lui dans la rue, en cherchant un peu.

Dans la ville ça grouillait encore, la guerre ça a quelque chose de fort, tout le monde va à l'essentiel, il y a comme une grande solidarité. Je ne m'étais pas trompé, pour une fois : c'était un bel endroit pour mourir.

J'ai aidé un convoi à ramasser des corps toute la journée ; c'était pas facile, mais je n'avais pas besoin de parler ; le chef m'a pris pour un muet, j'ai joué le jeu. J'avais compris qu'il valait mieux ne pas être français. C'était donc ça, un mort… Ce que j'allais moi-même devenir. Je n'en avais jamais vu d'aussi près, et il y en avait ! En une nuit, il devait y en avoir autant que dans tous les hôpitaux parisiens, peut-être même plus.

Et puis, on n'avait pas le temps de faire de cérémonies ; tout le monde entassé, sur une place. D'autres convois arrivaient aussi, c'était incroyable le nombre de corps. À la fin de la journée, je n'avais que ça en tête : des corps, toujours des corps. Je ne sentais plus mes bras. Je n'avais pas l'habitude de faire autant d'efforts physiques, et je n'étais pas au mieux de ma forme.

Les bombardements ont repris le soir même. J'ai mangé un bol de soupe et je me suis couché avec les autres dans le sous-sol de l'hôpital. Curieux : je fais un nombre incalculable de kilomètres pour fuir les médecins et je me retrouve dans un hôpital !

Cette fois, j'étais content de descendre à la cave ; je crois que je n'aurais pas supporté de dormir dans une chambre.

Je fais partie des plus actifs ; je ne sais pas combien j'en ai ramassé aujourd'hui, je ne compte pas ; mais je n'ai pas arrêté. J'ai l'impression qu'il y en a de plus en plus.

Le chef m'a pris à ses côtés. J'étais fier. J'ai redoublé d'efforts. J'avais envie d'être à la hauteur. J'ai même eu l'idée de prendre quelques minutes au moment où on dépose les corps au charnier — j'avais vu ça à la télé, dans les grands enterrements. Je ne savais pas comment on priait, mais ces gens valaient bien qu'on leur accorde un instant de recueillement. Je n'ai pas eu besoin de m'expliquer : je me suis planté tout seul devant le charnier et j'ai baissé la tête. Comme par télépathie, le chef est venu se mettre à côté de moi, puis les autres nous ont rejoints et nous sommes tous restés là un moment. Il a pleuré. C'était la première fois que je voyais quelqu'un pleurer ici. Les autres s'y sont mis et pour finir moi aussi.

Nous avons tous relevé la tête ensemble et nous nous sommes remis d'arrache-pied au travail. Et il y en avait, les bombardements de la veille avaient été redoutables.

À partir de ce moment, à chaque fois qu'on arrivait au charnier, on trouvait un convoi en train de se recueillir. J'avais eu une bonne idée.

Je suis bien, avec ces hommes.

Ce matin le chef n'était pas là. Je me suis mis devant le camion et j'ai fait signe aux autres : *On y va !* Ils ont suivi.

Une femme a pris les commandes de la machine et nous sommes partis dans les rues, comme d'habitude. Je les ai conduits à travers la ville, je la connaissais bien maintenant ; j'ai montré le chemin.

C'est moi qui ai porté le chef dans la benne ; il était lourd, mais il fallait que ça soit moi. Il m'avait tout appris, et je l'aimais bien.

Je ne sais pas comment il était arrivé là ; il avait dû sortir la nuit, il avait un enfant de deux à trois ans dans les bras, dans le même état que lui. J'ai pensé que c'était peut-être le sien.

J'ai décidé de redoubler d'efforts, en sa mémoire. Et c'est ce que j'ai fait.

Tout le monde me prenait pour un muet, je n'avais pas ouvert la bouche depuis quinze jours et je ne comptais pas l'ouvrir, surtout avec mes nouvelles responsabilités : j'étais devenu chef du convoi.

Et puis, en tant que Français, il valait mieux que je me taise, j'avais appris que la France participait de plus en plus aux bombardements et je voulais qu'ils me prennent pour un des leurs.

J'avais pourtant lu les journaux avant de partir, mais je n'avais pas compris ce que ça voulait dire, des bombardements. Et puis ils disaient tellement que c'était pour le bien de tous, de l'Europe, du monde… que je l'avais cru.

Il y a eu une fête ce soir à l'hôpital, parce qu'il y a eu une trêve, la musique était superbe, j'ai même dansé avec la femme qui conduit le camion. Je ne connais pas son prénom et je n'ai pas pu lui demander. En tout cas, elle me plaît bien. S'il n'y avait pas la guerre, et ma maladie... parce que j'avais presque fini par l'oublier celle-là... Si je n'avais quelques brûlures de temps en temps pour me la rappeler, j'aurais été plus loin avec elle.

J'ai dansé, on a dansé toute la nuit ; on a même ri. Moi qui pensais qu'on ne riait pas en tant de guerre ! On se fait tellement d'idées...

La journée a été difficile parce qu'on n'avait rien à faire, comme il n'y avait pas eu de bombardements, et dans ces moments-là, on a le temps de réfléchir.

J'avais de nouveau peur de la mort, *ma* mort. Alors je me réconfortais en pensant à mon chef. J'allais le rejoindre. Je me rappelais son courage, et j'étais sûr qu'il existait quelque chose après. Ce n'est pas possible que les gens partent comme ça. De toute manière, je sentais encore sa présence. Il était là avec moi, près de moi. Je le sentais et les autres aussi — tous ceux qu'on avait déposés sur le charnier. Et curieusement, ils m'inspiraient de la joie, comme si le seul fait de les avoir approchés de si près pendant des semaines me les rendait encore plus vivants que les vivants, les zombies de Paris.

C'était ça : tous ces morts m'avaient rappelé le vrai sens de la vie, sa beauté ; la beauté de notre corps quand il est animé par la vie : manger, faire l'amour, dormir.

J'étais revenu — ou plutôt arrivé — à l'essentiel ; je n'avais jamais connu cette sensation auparavant, la vie au jour le jour, la simplicité, la communion malgré l'atrocité de la situation, de la guerre.

Je pensais à tout cela et je me sentais rassuré, prêt à mourir ; mais avant, j'allais continuer à vivre, reprendre la direction du convoi et faire l'amour.

J'ai fait l'amour à la femme qui conduit le camion. Elle s'appelle Tania. Quel moment de bonheur ! Un rêve. J'ai senti toute la puissance de la vie dans notre relation physique, l'énergie que ça procure.

Je crois que je n'ai jamais été aussi heureux. Je marche devant le camion, elle conduit et nous nous jetons des regards langoureux. Je ne vois même plus les corps qu'on ramasse, il n'y a plus que nous deux. Nous deux avec une force extraordinaire, et je me sens protégé. Il ne peut rien m'arriver, Dieu est avec moi. Vivre, mourir, malade, pas malade… peu importe. Le moment présent est plein, qu'importe demain et l'avenir.

L'avenir, ça n'a pas de sens, c'est ici et maintenant qui compte, c'est vivre le mieux possible chaque moment, chaque minute, chaque seconde.

Avec Tania, on ne parle pas. La journée, on travaille et la nuit, on fait l'amour ; pas *toute* la nuit, mais une bonne partie. Le bruit des bombardements est associé à ce bonheur : quand j'entends le bruit des avions, les immeubles qui s'écroulent, les cris… je sens le plaisir qui vient. Je sais que c'est l'heure, ma tête et mon corps l'ont enregistré, c'est en mémoire.

On ne s'est pas posé la question, mais on forme un couple.

Comme les cygnes, on sait sans se le dire qu'on est ensemble, et on n'a pas envie d'aller voir ailleurs. Chaque matin on se regarde à travers le pare-brise du camion ; je me retourne de temps en temps, c'est comme un rituel. Elle me sourit et me fait comprendre qu'il faut que je regarde devant moi, sinon je crois que je marcherais tout le temps la tête à l'envers.

On travaille comme des fous. Les bombardements durent toute la nuit sans discontinuer depuis qu'on a fait revenir des chars en renfort. Même la journée, on voit des chars dans les rues, qui se préparent pour la nuit. C'est un cercle vicieux.

Tania et moi, c'est toujours l'amour. Je marche droit devant le camion. Je suis fier : j'ai derrière moi mon travail et la femme que j'aime — que demander de plus ? Je suis reconnu pour être un des chefs de convoi les plus efficaces.

Ce n'est pas un sourire que j'ai vu sur son visage, mais la peur : j'ai tourné la tête et les chenilles étaient déjà sur moi.

Je n'ai rien senti, j'ai juste entendu mes os craquer. J'ai vu le visage de Tania se mélanger avec le dessous de la machine. Puis, de nouveau le ciel.

Je suis passé dessous, mais je m'en suis sorti. Le conducteur casqué est à côté de moi ; il a remonté ses lunettes et il me regarde. Tania m'a pris dans ses bras. Qu'est-ce que ça va vite ! Je n'ai pas eu le temps de penser. C'est marrant, les accidents. On ne comprend rien, c'est bien.

Je n'ai pas mal. Je me sens tout mou. Je l'ai échappé belle. Tout le monde est autour de moi, mes yeux se ferment, je ne vois plus rien, je ne peux plus les ouvrir. Ah !

On me porte. Merde, je vais aller à l'hôpital ! J'ai pas envie.

Ils ont dû me déposer dans le camion. C'est ça, je sens les cahots de la route qui me bercent. Tout est dans la tête maintenant ; mon corps n'a plus d'énergie, comme une batterie qui se serait vidée. Brusquement, tout devient clair.

Le camion s'est arrêté. Je regarde autour de moi — enfin, je ne regarde pas vraiment ; disons je vois d'une autre manière, comme dans une bulle, comme dans un film. Tania me porte, aidée de deux autres personnes que je ne reconnais pas, ils sont de dos ; ils me laissent tomber.

Je suis sur le charnier, je me vois au milieu des autres corps ! Mais ils se sont trompés, je ne suis pas mort ! Je n'ai jamais été aussi vivant ! Il faut que je crie, mais rien. Plus rien ne répond. Je ne peux même pas faire un signe ; mes yeux sont fermés.

Ah ! Enfin, Tania se réveille. Elle a dû sentir, c'est ça l'amour. Elle s'approche de moi, elle me prend dans ses bras. Je la vois. Je nous vois d'en haut. Elle me serre très fort contre elle. Deux zigotos viennent la chercher. Mais qu'est-ce qu'ils foutent ? De quoi ils se mêlent, ces deux-là ? Ils l'entraînent de force. Elle pleure. C'est fini, je suis tout seul.

Je les ai vus prier, puis recouvrir mon corps et celui des autres. Je n'existe plus.

Je peux vous rassurer. On ne meurt pas. Je n'ai jamais été aussi libre. Depuis, je suis Tania et le convoi en cinémascope de ma bulle. De temps en temps, elle jette des regards vers le ciel, et je sais qu'ils sont pour moi.

Les Rois mages ou *La bonne étoile*

Marie Nimier

PIZZA
PLANETE

Ils marchaient tous les trois sur le boulevard, chaque jour, accordant leurs pas à celui d'une bête aux pattes convexes, un chien unique qu'ils avaient élevé ensemble et que, depuis, ils se partageaient. Dans le quartier, on les appelait les Rois mages.

Jaune, trapu et, le temps aidant, un peu dur de la feuille : le chien, c'était Zanzibar.

Entre guillemets, les trois hommes avançaient, comme des citations vivantes, des parcelles d'éternité. Celui du milieu, plus petit que les deux autres, très droit, tenant la laisse, tenant le cap, tournant régulièrement ses lunettes vers le ciel pour contrôler sa position. Celui de gauche, lui aussi absorbé par les choses d'en haut, et le buste ployé vers le pilier du centre, attentif à ses observations, parfois se penchant au point de perdre l'équilibre. Celui de droite, à peu près symétrique mais résolument chauve — la chute était intervenue de façon brutale, spectaculaire. Des années plus tard, il avait encore l'impression que sur sa tête s'était greffé le crâne de quelqu'un d'autre.

Ils s'étaient rencontrés à l'internat, maintenant ils étaient vieux. On se demandait ce qu'ils pouvaient bien faire, toute la journée, en dehors du quartier. Souvent, on les voyait rire. Ils entrouvraient la bouche et secouaient leur main libre devant eux, à plat, comme s'ils cherchaient à essuyer leurs ombres. Zanzibar en profitait pour renifler les platanes. Et toujours arrivait le moment où il fallait traverser le boulevard — une aubaine pour les âmes de bonne volonté. Dès que les trois hommes changeaient l'angle de leur trajectoire, pivotant d'un quart de tour pour faire face aux voitures, les passants en présence se mobilisaient. Ils s'apprêtaient à intervenir, mais voilà que leurs proies s'élançaient, le nez en l'air, sur la chaussée. Obéissant à un rituel dont ils étaient les seuls à connaître la signification, ils s'arrêtaient en plein milieu du boulevard, comme s'ils se trouvaient devant un mur bien réel pour eux, mais invisible pour le commun des mortels. Leurs chaussures s'immobilisaient sur une même ligne. Les voitures pilaient. Klaxon, protestations. Zanzibar y allait de son couplet. Les souliers repartaient, pied droit, pied gauche, sans se soucier. On était soulagé lorsqu'ils abordaient la terre ferme, de l'autre côté. Soulagé et, par-devers soi, furieux de rester avec sa BA du jour sur les bras, mais que dire ? Les Rois mages étaient techniquement courtois, irréprochables en vérité.

Courtois et se foutant du monde, disait le marchand de journaux qui les observait de son kiosque.

Gais, avec ça, presque volubiles. Des voltigeurs de la conversation. La conversation entre eux, exclusivement. Qu'avaient-ils encore à se raconter, depuis le temps ? On aurait aimé qu'ils se livrent, qu'ils partagent leurs histoires drôles, on aurait même accepté qu'ils se plaignent, oui, voilà ce qui aurait fait plaisir, qu'ils se plaignent pour que l'on puisse les plaindre, s'apitoyer, et se sentir un peu moins sot au passage du trio. Mais non : ils restaient entre eux. Ils n'avaient pas d'ami, aucun ami, ils étaient des amis, substituant l'être à l'avoir avec un bonheur insolent. Pour qui se prenaient-ils ? Une main s'ouvrait, un bras se proposait pour les faire traverser, et ils remerciaient poliment tout en continuant leur chemin, laissant l'autre comme deux ronds de flan avec son geste inutile. Ils n'avaient besoin de personne, ils faisaient leur Brigitte Bardot, leur petite star à bébête en rajustant leurs lunettes fumées. Ils avaient toujours l'air de revenir de vacances, eux qui ne partaient jamais. Était-ce à force de regarder le ciel ? On se consolait en se disant qu'ils devaient avoir le corps très blanc. Parfois, ils s'asseyaient sur un banc pour allumer une cigarette, et on apercevait un bout de peau au-dessus de la socquette. Très blanc, en effet. Imberbe de surcroît. Seules les mains et le visage étaient patinés. Ils n'étaient jamais malades, ça aussi c'était injuste, quand on voyait ce qu'ils fumaient. Ils se croyaient au-dessus des lois, mais un jour, ça allait leur tomber dessus, ils trébucheraient, eux et leur bonne étoile. On ne pouvait pas le souhaiter, bien sûr, il y a tellement de personnes âgées qui restent toute la journée devant la télévision, au moins eux prenaient des initiatives, ils s'habillaient avec des couleurs vives, très mal assorties, certes, mais il eût été de plus mauvais goût encore de le faire remarquer. Ils habitaient un trois-pièces avec terrasse et parking dans un immeuble rénové par la mairie. Le parking, ils le sous-louaient. Tout le monde avait louché sur cet appartement, il y a vingt-deux ans, quand Zanzibar n'était pas encore Zanzibar, mais un labrador au regard placide. La fille de la bouchère qui attendait des jumeaux en plus de son fils aîné était prête à signer le bail, elle semblait bien placée à la mairie, et vlan, ces messieurs étaient soi-disant prioritaires : l'appartement lui était passé sous le nez. Depuis, les petits mangeurs de viande monozygotes avaient grandi, ils étaient devenus conseillers en communication, mais personne n'avait oublié : les Rois mages avaient pris la place d'une famille nombreuse. Une famille française, implantée dans le secteur depuis plusieurs générations. Et ces trois-là débarquaient, étrangers à la ville, étrangers au quartier, étrangers aux commerçants du boulevard dont ils n'achetaient jamais les marchandises, et raflaient sans vergogne un logement municipal. Car ça non plus, on n'avalait pas : du supermarché ils se faisaient tout livrer à domicile, y compris le pain. Ils passaient leurs commandes par téléphone. Le pain, par téléphone, vous imaginez.

Mignons, quand même, tellement solidaires, trois hommes sans femme, menottés à leur chien. Une fleur à trois pétales, la laisse en guise de tige.

Chaque soir ils retournaient à la case départ. Les chaussures kamikazes, les coups de klaxon, pied droit, pied gauche, la cigarette, les platanes, les mains essuyant leurs ombres. Le petit, droit comme un i, avec ses dents de travers. Mais ce jour-là, quelque chose avait changé dans la silhouette des deux penchés. Ils portaient chacun un cabas en bandoulière, côté extérieur, repoussant de leurs poches tendues les paires de guillemets. Ils avançaient mine de rien, comme d'habitude (alors qu'en tout état de cause, rien n'était comme d'habitude). Le marchand de journaux se demanda ce qu'ils pouvaient bien transporter. Il sortit de son kiosque pour essayer de deviner le contenu des sacs — aucun indice ne s'imposa, c'étaient des sacs, voilà, remplis, qui pesaient sur l'épaule, surtout celui de gauche. Aucune loi ne permettait de fouiller des vieux sous prétexte qu'ils s'étaient vu attribuer un appartement par la mairie, vingt-deux ans plus tôt. Alors, sans que personne puisse intervenir, les Rois mages étaient rentrés chez eux. La clef s'était engagée dans la serrure trois points du cinquième étage. Zanzibar avait fait son petit tour du propriétaire, reniflant le canapé, le réfrigérateur, les roulettes de la penderie et le coffre en bois des îles. Les sacs avaient été vidés.

L'un avec précaution. L'autre, en le retournant simplement à l'envers au-dessus de la table basse du salon, et en secouant.

Quelques minutes plus tard, on avait entendu la première détonation.

Doucement les papilles se réveillaient, et avec elles les rêves endormis. Pour célébrer leur bonne fortune, les Rois mages s'étaient offert deux bouteilles de champagne. Le liquide se frayant un chemin dans les tissus obscurs faisait son petit travail de dilatation. Les liasses de billets étaient toujours posées en vrac sur la table basse, au centre de la pièce. Odeur d'encre, odeur de tabac. La nuit était tombée, et personne n'avait même songé à allumer la lumière. Les fenêtres n'avaient pas de rideaux.

Où se cache l'expression quand le regard s'éteint ? Trois silhouettes mouvantes, suspendues dans le vide d'une nuit de province. Trois patriarches au teint de jeune fille, énumérant les objets qu'ils allaient acquérir. Les propositions fusaient, un barbecue, un baladeur avec une prise multiple, et trois casques haute-fidélité, les plus chers du magasin, et des CD tant qu'on en veut, des téléphones portables pour si un jour on s'éloignait — cette perspective les amusait plus que tout —, ils pourraient même partir en croisière, le chien aurait sa cabine (Zanzibar qui pour l'heure déchiquetait des mouchoirs jetables dans la salle de bains), et puis on ferait poser de la moquette dans les toilettes, et pourquoi pas le long des murs, à l'angle des murs, en double épaisseur, on engagerait quelqu'un pour passer l'aspirateur, sur la terrasse pousseraient des plantes aromatiques arrosées automatiquement... Une voix s'éleva alors, celle du Roi du centre. Tout cet argent, cette richesse postiche, ça va se voir comme un bouquet de roses sur l'étal d'un charcutier, disait le trouble-fête, les voisins allaient les dénoncer, ils signeraient des pétitions, un employé municipal viendrait vérifier et avant même qu'ils puissent réagir on leur reprendrait leur appartement.

Il était consterné.

— Il va falloir déménager, répéta-t-il, dé-mé-na-ger, maintenant qu'on est riches.

Les deux autres protestèrent, à leur âge, on n'avait pas le droit de les mettre à la porte, c'était impensable, leurs lèvres tremblaient, non, ils avaient toujours payé leur loyer rubis sur l'ongle (mais justement, s'ils avaient toujours payé, c'est qu'ils avaient les moyens, alors pourquoi ne louaient-ils pas dans le privé ?). Ils essayèrent de parler d'autre chose, des types de barbecues disponibles sur le marché, mais la perspective d'être expulsés les obsédait comme un bout de blanquette coincée entre les dents. Même si juridiquement il était impossible de leur donner congé, la menace existerait, elle pèserait sur eux et leur gâcherait la vie. Et puis au fond, avaient-ils vraiment besoin d'un barbecue ? N'allaient-ils pas se brûler en retirant leurs merguez ou leurs sardines grillées ? L'argent arrivait trop tard, trop brutalement, comme ces cheveux qui étaient tombés d'un coup. On ne pourrait pas s'habituer. Il faudrait se cacher, consommer en catimini. Toutes ces semaines, ces années d'obstination pour en arriver là. Un tas de liasses intouchables.

Des liasses de vieux, bonnes à engraisser les matelas.

On entendit une seconde détonation. Le bouchon atterrit dans le compotier. Les Rois mages ne se sentaient pas à la hauteur de la situation. Ils doutaient. Leurs désirs étaient dérisoires, leurs appétits médiocres. Ils auraient tant aimé avoir plus d'imagination. Une coupe, deux coupes, ils cherchaient un projet susceptible d'assouvir un besoin à la fois plus intime et plus audacieux. Une sorte de Rédemption — les Rois mages reprenaient de l'allant —, un rachat global, héroïque, sublime. Alors germa l'idée d'une complète donation, de quoi remplir toutes ces mains tendues qu'on n'avait pas saisies, oui, toujours ils s'étaient passés de ceux qui voulaient les aider, refusant leur compassion, ils les avaient renvoyés à leur situation de voyants minuscules, insensibles aux petits signes de la rue — le cliquettement d'un feu, l'odeur d'une flaque, le tremblement d'une bâche d'échafaudage. C'est vrai, ils étaient fiers, trop fiers, ils se croyaient uniques parce qu'ils étaient trois. Comme il est aisé, à trois, de moucher le monde ! Et pourtant, aujourd'hui, ils regrettaient. Ils voulaient rendre, donner tout ce qu'ils n'avaient pas été capables de recevoir pour devenir, le temps d'un geste, altruistes, généreux, mieux encore : providentiels.

Donner, mais à qui ?

L'éventail des possibilités fut déployé. On pensa aux enfants maltraités, aux enfants malades, aux handicapés, on pensa même aux artistes et aux forêts sinistrées. On frôla la dispute, rien ne convenait, il y avait toujours quelque chose à redire. Il fallut admettre qu'on s'était trompé de chemin. Ils n'avaient pas envie de faire une bonne action, mais une action tout court, un acte d'exception. Enfin, ils trouvèrent la clef : ce qui avait été gagné par hasard devait être remis dans les mains du hasard. En clair, cet argent devait être donné au premier venu, à son insu de préférence, et sans rien attendre en échange. Donné, pour la beauté du geste.

Les Rois mages jubilaient. On appela Zanzibar pour lui apprendre la nouvelle, on ouvrit les fenêtres, le champagne montait à l'esprit.

— Tout ce fric, s'enthousiasma le chauve, pour le premier venu !

Il tapota le tas de billets comme on flatte l'encolure d'un cheval. Quelques liasses tombèrent par terre. Les deux autres applaudirent. Ils se sentaient délivrés et grandis par cette décision.

On trinqua encore à la santé de l'élu, on s'embrassa, on avait faim. 02 89 10 11 12 : le numéro de téléphone de Pizza-Planète était facile à mémoriser. L'entreprise, située au pied du complexe commercial où se trouvait le supermarché, livrait jusqu'à onze heures du soir. Sans hésiter ils commandèrent le plus gros modèle, une Reine avec double fromage, huile piquante et supplément d'aubergine. La demoiselle vérifia l'adresse, le code, l'étage, et raccrocha.

Sanjiv, le livreur de pizzas, portait un uniforme rouge vif un peu trop grand pour lui. C'était sa première journée de travail, il n'avait pas eu le temps de raccourcir les manches. Sa mère dès demain lui arrangerait tout ça. Elle lui dirait de plier le bras et d'un geste sûr piquerait l'épingle. Sanjiv n'avait pas l'habitude de composer le digicode en gardant sa marchandise à plat sur une seule main. Le fromage se déporta vers la gauche, Sanjiv redressa la situation, la catastrophe fut évitée de justesse — la catastrophe, ou l'impensable renversement de la Reine. Il respira un bon coup avant de sonner au cinquième. Afficha un large sourire pour aimanter la sympathie. Depuis le début de sa tournée, il avait récolté cinq euros de pourboire, de quoi se disait-il arrondir son salaire de façon non négligeable.

La porte s'ouvrit et se referma aussitôt. L'appartement était plongé dans le noir. Un chien lui reniflait les pieds, il ne se sentait pas rassuré. Un homme âgé lui prit son sac isotherme et s'enfonça dans l'obscurité en disant qu'il revenait tout de suite, qu'il ne fallait pas bouger, surtout pas bouger. La fenêtre claqua. Sanjiv vérifia mécaniquement la présence de son porte-monnaie dans sa poche. Le chauve, arrivé dans le salon, sortit la pizza du sac isotherme et y enfourna les billets. Sans comprendre ce qui lui arrivait, Sanjiv se retrouva sain et sauf sur le palier.

Dans le noir, ce sont les aveugles qui voient le mieux. Sanjiv ne l'avait compris que dans la rue, en découvrant le contenu de son sac. Une carte en braille s'était glissée entre les billets. Il n'osa pas interrompre son travail de livraison pour ne pas attirer l'attention de son patron. D'où venait cet argent ? Il fit un crochet entre deux courses et monta le cacher chez sa mère. Les Rois mages mangèrent et s'endormirent comme des Jésus. Le lendemain, ils se réveillèrent un peu plus tard que d'habitude. Cet après-midi-là, comme chaque mercredi, ils iraient remplir leur grille de loto. Gagner une seconde fois relèverait du miracle, mais aujourd'hui ils étaient prêts à tout, même à croire aux miracles. Ils pensaient au petit livreur de pizzas dans son uniforme trop grand. Que nous sommes bons, se disaient-ils en faisant leur toilette, que nous sommes bons, et c'était si bon d'être bon, d'une bonté sans retour, qu'ils descendirent acheter un bifteck au chien.

Composition Nord Compo.
Achevé d'imprimer
par l'Imprimerie Floch
à Mayenne, le 16 novembre 2005.
Dépôt légal : novembre 2005.
Numéro d'imprimeur : 64370.

ISBN : 2-07-077654-9 / Imprimé en France.

16130